俄羅斯的童話

MAXIM GORKY

魯迅譯

文化生活叢刊
第三種

小引

這是我從去年秋天起，陸續譯出，用了「鄧當世」的筆名，向譯文投稿的。

第一回有這樣的幾句後記：

「高爾基這人和作品，在中國已爲大家所知道，不必多說了。

「這俄羅斯的童話，共有十六篇，每篇獨立；雖說「童話，」其實是從各方面描寫俄羅斯國民性的種種相，並非寫給孩子們看的。發表年代未詳，恐怕還是十月革命前之作；今從日本高橋晚成譯本重譯，原在改造社版高爾基全集第十四本中。」

第二回，對於第三篇，又有這樣的後記兩段：

「俄羅斯的童話裏面，這回的是最長的一篇，主人公們之中，這位詩人也是較好的一個，因爲他終於不肯靠裝活死人喫飯，仍到葬儀館爲眞死人出力去了，雖然大半也許爲了他的孩子們竟和幫閒「批評家」一樣，個個是紅頭毛。我看作者對於他，是有點寬恕的，——而他眞也值得寬恕。

「現在的有些學者說：文言白話是有歷史的。這並不錯，我們能在書本子上看到；但方言土語也有歷史——只不過沒有人寫下來。帝王卿相有家譜，的確證明着他有祖宗；然而窮人以至奴隸沒有家譜，却不能成爲他並無祖宗的證據。筆只拿在或一類人的手裏，寫出來的東西總不免於蹊蹺，先前的文人哲士，在記載上就高雅得古怪。高爾基出身下等，弄到會看書，會寫字，會作文，而且作得好，遇見的上等人又不少，又並不站在上等人的高臺上看，於是許多西洋鏡就被拆穿了。如果上等詩人自己寫起來，是決不會這模樣的。我們看看這，算是一種參考罷。」

從此到第九篇，一直沒有寫後記。

然而第九篇以後，也一直不見登出來了。記得有時也又寫有後記，但並未留稿，自己也不再記得說了些什麽。寫信去問譯文社，那回答總是含含胡胡，莫名其妙。不過我的譯稿却有底子，所以本文是完全的。

我很不滿于自己這回的重譯，只因別無譯本，所以姑且在空地裏稱雄。倘有人從原文譯起來，一定會好得遠遠，那時我就欣然消滅。

這並非客氣話，是眞心希望着的。

一九三五年八月八日之夜

魯迅

一

一個青年，明知道這是壞事情，却對自己說——

「我聰明。會變博學家的罷。這樣的事，在我們，容易得很。」

他於是動手來讀大部的書籍，他實在也不蠢，悟出了所謂知識，就是從許多書本子裏，輕便地引出證據來。

他讀透了許多艱深的哲學書，至於成爲近視眼，並且得意地擺着被眼鏡壓紅了的鼻子，對大家宣言道——

「哼！就是想騙我，也騙不成了！據我看來，所謂人生，不過是自然爲我而設的羅網！」

「那麼，戀愛呢？」生命之靈問。

「阿，多謝！但是，幸而我不是詩人！不會爲了一切乾酪，鑽進那逃不掉的義務的鐵柵裏去的！」

然而，他到底也不是有什麼特別才幹的人，就只好決計去做哲學教授。

他去拜訪了學部大臣，說——

「大人，我能夠講述人生其實是沒有意思的，而且對於自然的暗示，也沒有服從的必要。」

大臣想了一想，看這話可對。

於是問道——

「那麼，對於上司的命令，可有服從的必要呢？」

「不消說，當然應該服從的！」哲學家恭恭敬敬的低了給書本磨滅了的頭，說。「這就叫作『人類之欲求』……」

「唔，就是了，那麼，上講臺去罷，月薪是十六盧布。但是，如果我命令用自然法來做教授資料的時候，聽見麼——可也得拋掉自由思想遵照的呵！這是決不假借的！」

「我們，生當現在的時勢，爲國家全體的利益起見，或者不但應該將自然的法則也看作實在的東西，而還得認爲有用的東西也說不定的——部份的地！」

「哼，什麼！誰知道呢！」哲學家在心裏叫。

但嘴裏却沒有吐出一點聲音來。

他這樣的得了位置。每星期一點鐘，站在講臺上，向許多青年講述。

「諸君！人是從外面，從內部，都受着束縛的。自然是人類的讎敵，女人是自然的盲目的器械。從這些事實看起來，我們的生活，是完全沒有意義的。」

他有了思索的習慣，而且時常講得出神，眞也像很漂亮很誠懇。年青的學生們很高興，給他喝采。他恭敬的點着禿頭。他那小小的紅鼻子，感激得發亮。就這樣地，什麼都非常合適。

喫食店裏的飯菜，於他是有害的——像一切厭世家一樣，他苦於消化不良。於是娶了妻，二十九年都在家庭裏用膳。在用功的餘閒中，在自己的不知不覺中，生下了四個兒女，但後來，他死掉了。

帶着年青的丈夫的三位女兒，和愛慕全世界一切女性的詩人的他的兒子，都恭敬地，並且悲哀地跟在他靈柩後面走。學生們唱着「永遠的紀念」很響亮，很快活，然而很不行。墳地上是故人的同事的教授們，舉行了出色的演說，說故人的純正哲學是有系統的。諸事都堂皇盛大，一時幾乎成了動人的局面。

「老頭子到底也死掉了。」大家從墳地上走散的時候，一個學生對朋友說。

「他是厭世家呀。」那一個回答道。

「喂，真的嗎？」第三個問。

「厭世家，老頑固呵。」

「哦！那禿頭麼，我倒沒有覺得！」

5

第四個學生是窮人，着急的問道——

「開弔的時候，會來請我們嗎？」

來的，他們被請去了。

這故教授生前做過許多出色的書，熱烈地，美麗地，證明了人生的無價值。銷路很旺，人們看得很滿意。無論如何——人是總愛美的物事的！

遺族很好，過得平穩——就是厭世主義也有幫助平穩的力量的。

開弔非常熱鬧。那窮學生，見所未見似的大嚼了一通。

回家之後，和善的微笑着，想道——

「唔！厭世主義也是有用的東西……」

氣。

二

還有一樁這樣的故事。

有一個人，自以爲是詩人，在做詩，但不知怎的，首首是惡作。因爲做不好，他總是在生

有一回，他在市上走着的時候，看見路上躺着一枝鞭——大約是馬車夫掉下的罷。

詩人可是得到「烟士披里純」了，趕緊來做詩——

路邊的塵埃裏，
黑的鞭子一樣

蛇的屍身破壓碎而臥着。
在其上，蠅的嗡嗡淒厲的叫着，
在其周圍，甲蟲和螞蟻成羣着。

從撕開的鱗間，
看見白的細的肋骨圈子。
蛇喲！你使我記得了，
死了的我的戀愛……

這時候，鞭子用牠那尖頭站起來了，左右搖動着，說道——
「喂，爲什麼說謊的，你不是現有老婆嗎，該懂得道理罷，你在說謊呀！喂，你不是一向沒有失戀嗎，你倒是喜歡老婆，怕老婆的……」

7

詩人生氣了。

「你那里懂得這些！」

「況且詩也不像樣……」

「你們不是連這一點也做不出來嗎！你除了呼呼的叫之外，什麼本領也沒有，而且連這也不是你自己的力量呀。」

「但是，總之爲什麼說謊的！並沒有失過戀罷？」

「並不是說過去，是說將來……」

「哼，那你可要挨老婆的打了！你帶我到你的老婆那里去……」

「什麼，還是自己等着罷！」

「隨便你！」鞭子叫着，發條似的捲成一團，躺在路上了。並且想着人們的事情。詩人也走到酒店裏，要一瓶啤酒，也開始了默想——但是關於自己的事情。「鞭子什麼廢物罷了，不過詩做得不好，却是眞的！奇怪！有些人總是做壞詩，但偶然做出好詩來的人却也

有——這世間，恐怕什麼都是不規則的罷！無聊的世間……」
　　他端坐着，喝起來，於是對於世間的認識，漸漸的深刻，終於達到堅固的決心了——
應該將世事直白地說出來，就是這世間的東西，毫無用處。活在這世間，倒是人類的恥辱！
他將這樣的事情，沉思了一點多鐘，這才寫了下來的，是下面那樣的詩——

我們的悲痛的許多希望的斑爛的鞭子，
把我們趕進「死蛇」的盤結裏，
我們在深靄中彷徨。
阿喲，打殺這自己的希望喲！

希望騙我們往遠的那邊，
我們被在恥辱的荊棘路上拖拉，

一路淒愴傷了我的心，
到底怕要死的一個不剩……。

就用這樣的調子，寫好了二十八行。
「這妙極了！」詩人叫道，自己覺得非常滿意，囘到家裏去了。
囘家之後，就拿這詩讀給他女人聽，不料她也很中意。
「只是，」她說。「開首的四行，總好像並不這樣……」
「那里，行的很！就是普式庚，開篇也滿是謊話的。而且那韻脚又多麼那個？好像派膩
唏達（註）罷！」
於是他和自己的男孩子們玩耍去了。把孩子抱在膝上，逗着，一面用次中音(tenor)

（註）Panikhida 是追薦死者的祈禱會，這時用甜的食品供神，所以在這里就成了詩有甘美的調子的意思——譯者。

唱起歌來：

飛進了，跳進了。
別人的橋上！
哼。・・老子要發財，
造起自己的橋來，
誰・也不准走！

他們非常高興的過了一晚。第二天，詩人就將詩稿送給編輯先生了。編輯先生說了些意思很深的話，編輯先生們原是深於思想的。所以，雜誌之類的東西，也使人看不下去。

「哼，」編輯先生擦着自己的鼻子，說。「當然，這不壞，要而言之，是很適合時代的心情的。適合得很！，唔，是的，你現在也許發見了自己了。那麼，你還是這樣的做下去罷……一

行十六戈貝克（註）……四盧布四十八戈貝克……阿唷，恭喜恭喜。」

後來，他的詩出版了，詩人像自己的命名日一樣的喜歡，他女人是熱烈的和他接吻，並且獻媚似的說道——

「我，我的可愛的詩人！阿阿，阿阿……」

他們就這樣地高高興興的過活。

然而，有一個青年——很良善，熱烈地找尋人生的意義的青年，却讀了這詩，自殺了。

他相信，做這詩的人，當否定人生以前，是也如他的找尋一樣，苦惱得很長久，一面在人生裏面，找尋過那意義來的。他沒有知道這陰鬱的思想，是每一行賣了十六戈貝克。他太老實了。

但是，我極希望讀者不要這樣想，以爲我要講的是雖是鞭子那樣的東西，有時也可以給人們用得有益的。

（註）一百戈貝克爲一盧布，一戈貝克那時約値中國錢一分——譯者。

三

埃夫斯契古納·沙伐庚是久在幽靜的謙虛和小心的羨慕裏生活下來的，但忽然之間，竟意外的出了名了。那顚末，是這樣的。

有一天，他在闊綽的宴會之後，用完了自己的最後的六格林那（註）。次早醒來，還覺着不舒服的夙醉。乏透了的他，便去做習慣了的自己的工作去了，那就是用時給「匿名殯儀館」擬廣告。

對着書桌，淋淋漓漓的流着汗，懷着自信，他做好了——

（註）一格林那現在約値中國錢二角——譯者。

您頸子和前額都被毆打着，
到底是躺在暗黑的棺中……
您是好人，是壞人，
總之是拉到墳地去……
您講眞話，或講假話，
也都一樣，您是要死的！

這樣的寫了一阿耳申（註）半。
他將作品拿到「殯儀館」去了，但那邊却不收。
「對不起，這簡直不能付印。許多故人，會在棺材裏抱憾到發抖也說不定的。而且也不必用死來訓誡活人們，因爲時候一到，他們自然就死掉了……」

（註）一阿耳申約中國二尺強——譯者。

沙伐庚迷惑了。

「呸！什麼話！給死人們擔心，豎石碑，辦超度，但活着的我——倒說是餓死也不要緊嗎……」

抱着消沈的心情，他在街上走，突然看到的，是一塊招牌。白地上寫着黑字——

「送終。」

「還有殯儀館在這里，我竟一點也不知道！」

埃夫斯契古納高興得很。

然而這不是殯儀館，卻是給青年自修用的無黨派雜誌的編輯所。

編輯兼發行人是有名的油坊和肥皂廠主戈復盧辛的兒子，名叫摩開，雖說消化不良，卻是一個很活動的青年，他對沙伐庚，給了殷勤的款待。

摩開一看他的詩，立刻稱讚道——

「您的『煙士披離純，』就正是誰也沒有發表過的新詩法的言語。我也決計來搜

索這樣的詩句，能像亞爾戈艦遠征隊的赫羅斯忒拉特似的！」

他說了謊，自然是受着喜歡旅行的評論家拉賽克・希復維忒加的影響的。他希復羅忒加這人，也就時常撒謊，因此得了偉大的名氣。

摩開用搜尋的眼光，看定着埃夫斯契古納，於是反覆地說道——

「詩材，是和我們剛剛適合的。不過要請您明白，白印詩歌，我們可辦不到。」

「所以，我想要一點稿費。」他實招了。

「給，給你麼？詩的稿費麼？你在開玩笑罷！」摩開笑道。「先生，我們是三天以前才掛招牌的，可是寄來的詩，截到現在已經有七十九薩仁（註一）了！而且全部都是署名的！」

但埃夫斯契古納不肯退讓，終於議定了每行五個戈貝克。

「然而，這是因爲您的詩做得好呀！」摩開說明道。「您還是挑一個雅號罷，要不然，沙伐庚可不大有意思。譬如罷，澌滅而絕息哏（註二）之類，怎樣呢？不很幽默嗎！」

（註一）一薩仁約中國七尺——譯者。

「都可以的。我只要有稿費，就好，因爲正要喫東西……」埃夫斯契古納回答說。

他是一個質朴的青年。

不多久，詩在雜誌創刊號的第一頁上登出來了。

「永劫的眞理之聲」是這詩的題目。

從這一天起他的名聲就大起來，人們讀了他的詩，高興着——

「這好孩子講着眞話。不錯，我們活着。而且不知怎的，總是這麼那麼的在使勁，但竟沒有覺到我們的生活，是什麼意義也沒有的。眞了不得，澌滅而絕息根！」於是有夜會，婚禮，葬禮，還有做法事的時候，人們就來邀請他了。他的詩，也在一切新的雜誌上登出來，貴到每行五十戈貝克，在文學上的夜會裏，凸着胸脯的太太們也恍惚的微笑着，吟起「澌滅而絕息根」的詩來了。

（註二） Smelti 就是「死」的意思——譯者。

日日夜夜，生活呵叱着我們，
各到各處，死亡威嚇着我們。
無論用怎樣的看法，
我們總不過是腐敗的犧牲！

「好極了！」「難得難得！」大家嚷着說。

「這樣看來，也許我眞是詩人罷？」埃夫斯契古納想道。於是就慢慢的自負起來，用了黑的斑紋的短襪和領結，褲子也要有白橫紋的黑地的了。還將那眼睛向各處瞟，用着矜持的調子來說話——

「唉唉，這又是多麼平常的生活法呢！」就是這樣的調子。

看了一遍鎮靈禮拜式用的經典，談吐之間，便用些憂鬱的字眼，如「復次，」「洎夫彼時，」「枉然」之類了。

他的周圍，聚集着各方面的批評家，化用着埃夫斯契古納賺來的稿費，在向他鼓動——

「埃夫斯契古納，前進呀，我們來幫忙！」

的確，當埃夫斯契古納・澌滅而絕息根的詩，幻影和希望的舊賬這一本小本子出版的時候，批評家們眞的特別懇切地將作者心裏的深邃的寂滅心情稱讚了一番。埃夫斯契古納歡欣鼓舞決計要結婚了。他便去訪一個舊識的摩登女郎銀荷特拉・沙伐略錫基娜，說道——

「阿阿，多麼難看，多麼惹厭喲。而且是多麼不成樣子的人呵！」

她早就暗暗的等候着這句話，於是挨近他的胸膛，溶化在幸福裏，溫柔的低語道——

「我，我就是和你攜着手，死了也情願喲！」

「命該滅亡的你喲！」埃夫斯契古納感歎了。

爲情熱受了傷，幾乎要死的銀荷特拉，便回答道——

「總歸為有的人呵！」

但立刻又完全復了原約定道——

「我們倆是一定要過新式的生活的呀！」

漸滅而絕息根早已經歷過許多事，而且是熟悉了的。

「我，」他說「是不消說，無論什麼因襲全然超越了的。但是，如果你希望，那麼，在墳地的教堂裏去結婚也可以的！」

「問我可希望？是的，贊成！並且婚禮一完，就教儂相們馬上自殺罷！」

「要大家這樣，一定是辦不到的，但古庚却可以，他已經想自殺了七回了。」

「還有，牧師還是老的好，對不對，像是就要死了一樣的人……」

他們倆就這樣地躭着他們一派的瀟洒和空想。一直坐到月亮從埋葬着失了光輝的數千億太陽，冰結的流星們跳着死的跳舞的天界的冰冷的墳洞中——在死絕了的世界的無邊的這空曠的墳地上，淒涼地照着吞盡一切要活而且能活的東西的地面，露

出昏暗的臉來。嗚呼，惟有好像朽木之光的這傷心的死了的月色，是使敏感的人的心，常常想到存在的意義，就是敗壞的。

漸滅而絕息根活潑了，已經到得做詩也並不怎麼特別的爲難的地步，而且用了陰鬱的聲音，在未來的骸骨的那愛人的耳邊低唱起來。

聽喲，死用公平的手，
打鼓似的敲着棺蓋。
從儘敲的無聊的工作日的尋常的混雜中，
我明明聽到死的呼聲。
生命以虛僞的宣言，和死爭鬪，
招人們到牠的詭計裏。

但是我和你喲——
不來增添生命的奴隸和俘囚的數目！

我們是不給甘言所買收的。
我們兩個知道——
所謂生命，只是病的短促的一刹那，
那意義，是在棺蓋的下面。

「唉唉，像是死了似的心情呀！」銀荷特拉出神了。「眞像墳墓一樣呀。」她是很清楚的懂得一切這樣的玩笑的。

有了這事之後四十天，他們便在多活契加的尼古拉這地方——被滿是自足的墳墓塡實的墳地所圍繞的舊的教堂裏，行了結婚式。體裁上，請了兩個掘墳洞的工人來做

證婚人，出名的願意自殺的人們是儐相。從新娘的朋友裏面，還挑了三個歇斯迭里病的女人。其中的一個已曾呑過醋精，別的兩個是決心要學的人物。而且有一個還立誓在婚禮後第九天，就要和這世間告別了。

當大家走到後門的階沿的時候，一個遍身生瘡的青年，也是曾用自己的身子研究過六〇六的效驗的儐相，拉開馬車門，淒涼地說道——

「請，這是柩車！」

身穿綴着許多黑飄帶的白衣，罩上黑的長面紗的新娘，快活得好像要死了。但澌滅而絕息根却用他濕漉漉的眼睛，遍看羣衆，一面問那儐相道——

「新聞記者到了罷！」

「還有照相隊——」

「嘶，靜靜的，銀荷契加……」

新聞記者們因爲要對詩人致敬，穿着擎火把人的服裝，照相隊是扮作劊子手模樣。

至於一般的人們——在這樣的人們，只要看得有趣，什麼都是一樣的——他們大聲稱讚道——

「好呀，好呀！」

連永遠餓着肚子的鄉下人也附和着他們，叫道——

「入神得很！」

「是的，」新郎澌滅而絕息根在墳地對面的飯店裏，坐在晚餐的桌邊，一面說。「我們是把我們的青春和美麗葬送了！只有這，是對於生命的勝利！」

「這都是我的理想，是你抄了去的罷？」銀荷特拉溫和地問。

「說是你的？眞的嗎？」

「自然是的。」

「哼……誰的都一樣——」

我和你，是一心同體的！
兩人從此永久合一了。
這，是死的賢明的命令，
彼此都是死的奴隸。
死的跟丁。

「但是，總之，我的個性，是決不給你壓倒的！」她用妖媚的語調，制着機先，說。「還有那跟丁，我以爲『跟』字和『丁』字，吟起來是應該拉得長長的！但這跟丁，對於我，總似乎還不很切貼！」

漸滅而絕息根還想征服她，再詠了她一首。

命裏該死的我的妻喲！

我們的「自我，」是什麼呢？
有也好，無也好——
不是全都一樣嗎？
動的也好，靜的也好——
你的必死是不變的！

「不，這樣的詩，還是寫給別人去罷。」她穩重的說。

許多時光，疊連着這樣的衝突之後，漸滅而絕息根的家裏，不料生了孩子——女孩子了，但銀荷特拉立刻吩咐道——

「去定做一個棺材樣的搖籃來罷！」

「這不是太過了嗎？銀荷契加。」

「不，不的，定去！如果你不願意受批評家和大家的什麼騎牆呀，靠不住呀的攻擊，主

義是一定得嚴守的！」

她是一個極其家庭式的主婦。親手醃王瓜，還細心搜集起對於男人的詩的一切批評來。將攻擊的批評撕掉，只將稱讚的弄成一本，用了作者讚美家的款子，出版了。

因爲東西喫得好，她成了肥胖的女人了，那眼睛，總是做夢似的矇朧着，惹起男人們命中註定的情熱的欲望來。她招了那雄壯的，紅頭髮的熟客的批評家，和自己並肩坐下，於是將矇朧的瞳神直射着他的胸膛。故意用鼻聲讀她丈夫的詩，然後好像要他佩服似的，問道——

「深刻罷？強烈罷？」

那人在開初還不過發吼似的點頭，到後來，對於那以莫名其妙的深刻，突入了我們可憐人所謂「死」的那暗黑的「祕密」的深淵中的澌滅而絕息恨，竟每月做起火燄一般的評論來了，他並且以玲瓏如玉的純眞之愛愛上了死。他那琥珀似的靈魂，則並未爲「存在之無目的」這一種恐怖的認識所消沈，却將那恐怖化了愉快的號召和平靜

的歡喜，那就是來撲滅我們盲目的靈魂所稱爲「人生」的不絕的凡庸。

得了紅頭毛人物——他在思想上，是神祕主義者；是審美家在職業上，是理髮匠。那姓，是卜羅哈爾調克——的懇切的幫助，銀荷特拉還給埃夫斯契古納開了公開的詩歌朗誦會。

臺上出現，左右支開了兩隻脚，用羊一般的白眼，看定了人們，微微的搖動着生着許多棕皮色雜物的有棱角的頭，冷冷的讀起來——

爲人的我們，就如在向着死後的
暗黑世界去旅行的車站……
你們的行李愈是少，那麼，
爲了你們，是輕鬆，便當的！
不要思想，平凡地生活罷！
如果謙虛，那就純樸了。

從搖籃到墳地的路徑，是短的！
爲着人生，死在盡開車人的職務！

「好哇好哇，」完全滿足了的民衆叫了起來。「多謝！」

而且大家彼此說——

「做得眞好，這傢伙，雖然是那麼一個瘟生！」

知道澌滅而絕息根曾經給「匿名葬儀館」做過詩的人們也有在那里，當然，至今也還以爲他那些詩是全爲了「該館」的廣告而作的，但因爲對於一切的事情，全都隨隨便便，所以只將「人要喫」這一件事緊藏在心頭不再開口了。

「但是，也許我實在是天才罷，」澌滅而絕息根聽到民衆的稱讚後的叫聲，這樣想。「所謂『天才，』到底是什麼，不是誰也不明白麼，有些人們，却以爲天才是欠缺智力的人……但是，如果是這樣……」

他會見相識的人，並不問他健康，却問「什麽時候死掉」了。這一件事，也從大家得了更大的賞識。

太太又將客廳佈置成墳墓模樣。安樂椅是擺着做出墳地的丘陵樣的淡綠色的，周圍的牆壁上掛起臨寫輝耶的畫的框子來，都是輝耶的畫，另外還有，也掛威爾支的！

她自負着，說——

「我們這里，就是走進孩子房去，也會感到死的氣息的，孩子們睡在棺材裏，保姆是尼姑的樣子——對啦，穿着白線繡出骷髏呀，骨頭呀的黑色長背心，眞是妙的很呵！埃夫斯契古納，請女客們去看看孩子房呀！男客們呢，就請到臥室去……」

她溫和的笑着，給大家去看臥室的鋪陳。石棺式的臥牀上，掛着綴有許多銀白流蘇的黑色的棺材罩。還用槲樹彫出的骷髏，將牠勒住。裝飾呢——是微細的許多白骨，像墳地上的蛆蟲一樣，在鬧着玩。

「埃夫斯契古納是，」她說明道，「給自己的理想吸了進去，還蓋着屍衾睡覺的哩！」

有人給嚇壞了——

「蓋屍衾睡覺?」

她憂愁地微笑了一下。

但是，埃夫斯契古納的心裏，還是質直的青年，有時也不知不覺的這樣想——

「如果我實在是天才，那麼，這是怎麽一回事呢。批評呢，說着什麽漸滅而絕息根的影響呀，詩風呀，但是，這我……我可不相信這些！」

有一回，卜羅哈爾調克運動着筋肉，跑來了，凝視了他之後，低聲問道——

「做了麽?你多做一些罷，外面的事情，自有尊夫人和我會料理的……你這里的太太眞是好女人，我佩服……」

就是漸滅而絕息根自己，也早已覺到這事的了，只因爲沒有工夫和喜歡平靜的心，所以對於這事，什麽法也不想。

但卜羅哈爾調克，有一次，舒服地一屁股坐在安樂椅子上，懇懇的說道——

「兄弟，我起了多少繭，怎樣的繭，你該知道罷，就是拿破崙身上，也沒有過這樣的繭呀……」

「眞可憐……」銀荷特拉漏出歎息來，但澌滅而絕息，根却在喝着咖啡，一面想。

「女子與小人，到底無大器，這句話說得眞不錯！」

自然，他也如世間一般的男人一樣，對於自己的女人，是缺少正當的判斷的。她極熱心地鼓舞着他的元氣——

「斯契古納息珂（註），」她親愛地說。「你昨天一定也是什麼都沒有寫罷？你是總是看不起才能的！去做詩去，那麼我就送咖啡給你……」

他走出去，坐在桌前了。而不料做成了嶄新的詩——

我寫了多少

（註）就是埃夫斯契古納的親愛的稱呼——譯者。

平常事和昏話呵，銀荷特拉喲。
為了衣裳，為了外套，
為了帽子，鑲條，衫脚邊！

這使他喫了一嚇，心裏想到的，是「孩子們。」一
孩子有三個。他們必得穿黑的天鵝絨。每天上午十點鐘，就有華麗的柩車在大門的
階沿下等候。
他們坐着，到墳地上去散步，這些事情，全都是要錢的。
澌滅而絕息根消沈着，一行一行的寫下去了——
死將油膩的屍臭，
漂滿了全世界。

生却遭了老鷹的毒喙，
像在那骨立的脚下掙扎的「母羊一樣。」

「但是，斯契古納息珂，」銀荷特拉親愛地說。「那是，那是也不一定的！怎麼說呢？瑪沙（註），怎麼說才好呢？」

「埃夫斯契古納，這些事，你是不知道的，」卜羅哈爾調克低聲開導着說。「你不是『死亡讚美歌』的作家嗎？所以，還是做那讚美歌能……」

「然而，在我的殘生中，這是新階段哩！」澌滅而絕息根反駁道。

「阿呀，究竟是怎樣的殘生呢？」那太太勸諭道。「還得到耶爾達那些地方去，你倒開起玩笑來了！」

一方面，卜羅哈爾調克又用了沈痛的調子，告誡道——

（註）就是卜羅哈爾調克的小名——譯者。

「你約定過什麼的呀？對嗎，留心點罷，『母羊一樣』這句，令人不覺想起穆陽一這一個大臣的名字（註）來。這是說不定會被看作關於政治的警句的！因爲人民是愚蠢，政治是平庸的呀！」

「唔，懂了，不做了。」埃夫斯契古納說。「不做了！橫豎都是胡說八道！」

「你應該時時留心的，是你的詩近來不但只使你太太一個人懷疑了哩！」卜羅哈爾調克給了他警告。

有一天，澌滅而絕息根一面望着他那五歲的女兒麗莎在院裏玩耍，一面寫道——

幼小的女兒在院子裏走，
雪白的手胡亂的拗花……
小女兒喲，不要拗花了罷，

（註）「母羊一樣」的原語是「凱克・溫夫札，」所以那人名原是「凱可夫札夫」——譯者。

看哪，花就像你一樣，眞好！

幼小的女兒，不說話的可憐的孩子喲！
死悄悄的跟在你後面，
你一彎腰，揚起大鐮刀的死
就露了牙齒笑嘻嘻的在等候……

小女兒喲！死和你可以說是姊妹——
恰如亂拗那清淨的花一樣，
死用了銳利的，永遠銳利的大鐮刀，
將你似的孩子們砍掉……

「但是，埃夫斯契古納，這是感情的呀。」銀荷特拉生氣了，大聲說。

「算了罷！你究竟將什麼地方當作目的，在往前走呢？你拿你自己的天才在做什麼了呀？」

「我已經不願意了。」澌滅而絕息根陰鬱地說。

「不願意什麼？」

「就是那個，死，死呀——夠了！那些話，我就討厭！」

「莫怪我說，你是胡塗蟲！」

「什麼都好。天才是什麼，誰也沒有明白。我是做不來了，……什麼寂滅呀，什麼呀，統統收場了。我是人……」

「阿呀，原來是嗎？」銀荷特拉大聲譏刺道。

「你不過是一個平常的人嗎？」

「對啦，所以喜歡一切活着的東西……」

「但是，現代的批評界却已經看破，凡是詩人，是一定應該淸算了生命和一般凡俗的呵！」

「批評界？」澌滅而絕息根大喝道。「閉你的嘴，這不要臉的東西！那所謂現代的批評這傢伙，和你在衣廚後面親嘴，我是看得淸淸楚楚的！」

「那，那是却因爲給你的詩感動了的緣故呀！」

「還有，家裏的孩子們都是紅頭毛，這也是給詩感動了的緣故嗎？」

「無聊的人！那，那是也許，純精神底影響的結果也說不定的。」

於是忽然倒在安樂椅子裏，說道——

「阿阿，我已經不能和你在一處了！」

埃夫斯契古納高興了，但同時也喫驚。

「不能了嗎？」他懷着希望和恐怖，問着。

「那麼，孩子們呢？」

「對分開來呀!」

「對分三個嗎?」

然而，她總抱定着自己的主張。到後來，卜羅哈爾調克跑來了。猜出了怎樣的事情，他傷心了。還對埃夫斯契古納說道——

「我一向以爲你是大人物的。但是，你竟不過是一個渺小的漢子!」

於是他就去準備銀荷特拉的帽子。他陰鬱地正在準備的時候，她却向男人說起眞話來——

「你已經出了氣了，眞可憐，你這里，什麼才能之類，已經一點也沒有了，懂得沒有，一點也沒有了哩!」

她被眞的憤懣和唾液，塞住了喉嚨，於是結束道——

「你這里，是簡直什麼也沒有的。如果沒有我和卜羅哈爾調克，你就只好做一世廣告詩的。瘟生!廢料!搶了我的青春和美麗的強盜!」

她在興奮的一霎時中，是總歸能夠雄辯的。她就這樣的離了家。並且立刻得到卜羅哈爾調克的指導和實際的參與，掛起「巴黎細珊小姐美容院專門——皮膚的澈底的醫治」的招牌來，開店了。

卜羅哈爾調克呢，不消說，印了一篇叫作「朦朧的蜃樓」的激烈的文章，詳詳細細的指摘着埃夫斯契古納不但並無才智，而且連究竟有沒有這樣的詩人存在，也就可疑得很。他又指摘出假使有這樣的詩人存在，而世間又加以容許，那是應該歸罪於輕率而胡鬧的批評界的。

埃夫斯契古納這一面，也在苦惱着。於是——俄羅斯人是立刻能夠自己安慰自己的！——想到了——

「小孩子應該撫養！」

對讚美過去和死亡的一切詩法告了別，又做起先前的熟識的工作來了。是替「新葬儀館」去開導人們，寫了活潑的廣告——

永久地，快活地，而且光明地，
我們願意在地上活着，
然而運命之神一到，
生命的索子就斷了！

要從各方面將這事情
來深深的想一下，
奉勸諸位客官們
要用最上等的葬儀材料！

敝社的貨色，全都燦爛輝煌，

並非磨壞了的舊貨，
敢請頻頻賜顧，
光臨我們的「新葬儀館」！
墳地街十六號門牌。
就這樣子，一切的人，都各自回到自己的路上去了。

四

有一個非常好名的作家。

倘有人誹謗他，他以爲那是出乎情理之外的偏心。如果有誰稱讚他，那稱讚的又是不聰明得很——他心裏想。就這樣子，他的生活只好在連續的不滿之中，一直弄到要死的時候。作家躺在眠牀上，嗚着不平道——

「這是怎的？連兩本小說也還沒有做好……而且材料也還只夠用十年呢。什麼這樣的自然的法則呀，跟着牠的一切一切呀，眞是討厭透頂了！傑作快要成功了。可是又有這樣惡作劇的一般的義務。就沒有別的辦法了麼？畜生，總是緊要關頭就來這一手，——

小說還沒有做成功呢……」

他在憤慨。但病魔却一面鑽着他的骨頭，一面在耳朵邊低語着——

「你發抖了麼？唔，為什麼發抖的？你夜裏睡不着麼？唔，為什麼不睡的？你一悲哀，就喝酒麼？唔，但你一高興，不也就喝酒麼？」

他很裝了一個歪臉，于是死心塌地，「沒有法子！」了。和一切自己的小說告別，死掉了，雖然萬分不願意，然而死掉了。

好，于是大家把他洗個乾淨，穿好衣服，頭髮梳得精光，放在臺子上。

他像兵士一般脚跟靠攏，脚尖離開，伸得挺挺的，低下鼻子，温順的躺着。什麼也不覺得了，然而，想起來却很奇怪——

「眞希奇，簡直什麼也不覺得了！這模樣，倒是有生以來第一遭。老婆在哭着，哼，你現在哭着，那是對的，可是先前却老是發脾氣。兒子在哭着，將來一定是個廢料罷。作家的孩子們，總歸個個是廢料，據我所遇見的看起來……恐怕這也是一種眞理。這樣的法則，究

竟有多少呢！」

他躺着，並且想着，牽牽連連的想開去。但是，對于從未習慣的自己的寬心，他又詫異起來了。

人們搬他往墳地上去了，他突然覺察了送葬的人少得很——

「阿，這多麽笑話呀！」他對自己說。「卽使我是一個渺小的作家，但文學是應該尊敬的呀！」

他從棺材裏望出去。果然，親族之外，送他的只有九個人，其中還夾着兩個乞丐和一個肩着梯子的點燈夫。

這時候，他可眞是氣惱了。

「猪玀！」

他忽然活轉來，不知不覺的走出棺材外面了，——以人而論，他是並不大的，——爲了侮辱，就這麽的有了勁。于是跑到理髮店，刮掉鬍鬚，從主人討得一件腋下有着補釘的

黑外衣，交出他自己的衣服。因爲裝着沈痛的臉相，完全像是活人了。幾乎不能分辨了。

爲了好奇和他職業本來的意識，他問店主人道——

「這件怪事，不給您嚇了一嚇麼？」

那主人却只小心地理着自己的鬍鬚。

「請您見諒，先生，」他說，「住在俄國的我們，是什麼事情都完全弄慣了的……」

「但是，死人忽然換了衣服……」

「現在，這是時髦的事情呀！您說的是怎樣的死人呢？這也不過是外觀上的話統統的說起來，恐怕大家都是一樣的！這年頭兒，活着的人們，身子縮得還要硬些哩！」

「但是，我也許太黃了罷？」

「也剛剛和時髦的風氣合式呀，是的，是的，恰好！先生，俄國就正是大家黃掉了活着的地方……」

說起理髮匠來，是世界上最會講好話，也最温和的人物，這是誰都知道的。

作家起了潑剌的希望，要對于文學來表示他最後的尊敬心，便和主人告別，飛奔着追趕棺材去了。終于也追上了。于是送葬的就有了十個人，在作家也算是增大了榮譽。但是，來往的人們却在詫異着——

「來看呀，這是小說家的出喪哩！」

然而曉事的人們，爲了自己的事情從旁走過，却顯出些得意模樣，一面想道——

「文學的意義，明明是已經漸漸的深起來，連這地方也懂得了！」

作家跟着自己的棺材走，恰如文學禮讚家或是故人的朋友一樣。並且和點燈夫在攀談——

「知道這位故人麼？」

「自然！還利用過他一點的哩。」

「這眞也有趣……」

「是的，我們的事情，眞是無聊的麻雀似的小事情，飛到落着什麼的地方去啄來喫

的？」

「那麼，要怎麼解釋才是呢？」

「請你要解得淺，先生。」

「解得淺？」

「唔唔，是的。從規矩的見地看起來，自然是一種罪惡，不過要不揩油，可總是活不成的。」

「唔？你這麼相信麼？」

「自然相信！街燈正在他家的對面。那人是每夜不睡，向着桌子，一直到天明的，我就不再去點街燈了。因爲從他家窗子裏射出來的燈光，就儘夠。我纔算淨賺了一盞燈。倒是一位合用的人物哩！」

這麼東拉西扯，靜靜的談着，作家到了墳地了。他在這里，却陷入了非講演自己的事情不可的絕境。因爲所有送葬的人，這一天全都牙齒痛——這是出在俄國的事情，在那

地方，無論什麼人，是總在不知什麼地方有些痛，生着病的。

作了相當的演說，有一種報章還稱讚他——

「有人從羣衆中，——其外觀，使我們想起戲子來的那樣的人，在墓上熱心地作了令人感動的演說。他在演說中，雖然和我們的觀察不同，對于舊式作風的故人所有的一切人所厭倦的缺點——不肯努力脫出單純的『教訓主義』和有名的『公民教育』的作家的極微的功績，有誤評，有過獎，是無疑的，但要之，對于他的辭藻，以明確的愛慕的感情作了演說了。」

萬事都在盛況中完結之後，作家爬進棺材裏，覺得很滿足，想道——

「呵，總算完畢了，事情都做得非常好，而且又合式，又順當！」

於是他完全死掉了。

這雖然只關於文學，但是，自己的事業，可實在是應該尊敬的！

五

又有一個人。是已經過了中年的時候，他忽而總覺得不知道缺少了什麼——非常倉皇失措起來。

摸摸自己的身子，都好像完整，普通，肚子裏面倒是太富裕了。用鏡一照，——鼻子，眼睛，耳朶，以及別的，凡是普通的人該有的東西，也是統統齊全的。數數手上的指頭，還有脚趾，也都有十個。但是，總之，却缺少了一點不知道什麼！

去問太太去——

「不知道究竟是怎麼的。你看怎樣，密德羅特拉，我身上都齊全麼？」——

她毫不躊躕，說道——

「都全的！」

「但是，我總常常覺得……」

原是信女的她，更規勸道——

「如果覺得這樣，就心裏念念『上帝顯靈，怨敵消滅』罷！」

對着朋友，也漸漸的問起這件事情來。朋友們都含胡的回答，但總覺得他裏面，是藏着可以下一確斷的東西的，一面只是猜疑的對他看。

「到底是什麼呢？」他憂鬱地沈思着。

於是一味喜歡回憶過去的事了，——這是覺得一切無不整然的時候的事，——也曾做過社會主義者，也曾爲青春所煩惱，但後來就超出了一切，而且早就用自己的脚，拚命蹂躪着自己所撒的種子了。要而言之，是也如世間一般人一樣，依着時勢和那暗示，生活下來的。

想來想去之後，忽然間發見了——

「唉唉！是的，我沒國民的臉相呀！」

他走到鏡前面。臉相也實在不分明，恰如將外國語的翻譯文章，不加標點，印得一場胡塗的書頁一樣，而翻譯者又魯莽，空疎，全不懂得這頁上所講的事情，就是那樣的臉相。也就是：既不希求為了人民的自由的精神，也不明言完全承認帝制的必要。

「哼，但是，多麼亂七八遭呀！」他想，但立刻決心了，「唔，這樣的臉，要活下去是不便當的！」

每天用值錢的肥皂來擦臉。然而不見效，皮膚是發光了，那不鮮明卻還在。用舌頭在臉上到處舐了一通，——他的舌頭是很長的，而且生得很合式，他是以辦雜誌為業的，——舌頭也不給他利益。用了日本的按摩，而不料弄出瘤來，好像是拚命打了架。但是，到底不見有明明白白的表情！

想盡方法，都不成功，僅是體重減了一磅半。但突然間，好運氣，他探聽到所轄的警察

局長洪・猶覃弗列舍爾（註）是精通國民問題的了，便趕緊到他那里去陳述道——

「就爲了這緣故，局長大人，可以費您的神，幫我一下麽？」

局長自然是快活的。因爲他是有教育的人物，但最近正受了舞弊案件的嫌疑。現在却這麽相信，竟來商量怎麽改換臉相了。署長大笑着，大樂着，說道——

「這是極簡單的，先生！美洲鑽石一般的您，試去和異種人接觸一下罷，那麽，一下子，臉就成功了，眞正的您的尊臉……」

他高與極了，——肩膀也輕了！純朴地大笑着，自己埋怨着自己——

「但是我竟沒有想到麽，唔？不是極容易的事麽？」

像知心朋友似的告過別，他就跑到大路上，站着，一看見走過他身邊的猶太人，便擋住他，突然講起來——

「如果你，」他說，「是猶太人，那就一定得成爲俄羅斯人，如果不願意的話……」

（註）這是一個德國姓，意思是「喫猶太人者」——譯者。

猶太人是以做各種故事裏的主角出名的眞也是神經過敏而且胆怯的人民，但那個猶太人却是急躁的漢子，忍不住這侮辱了。他一作勢，就一掌批在他的左頰上，於是回到自己的家裏去了。

他靠着牆壁，輕輕的摸着面頰，沉思起來——

「但是，要顯出俄羅斯人的臉相，是和不很愉快的感覺相連繫的！可是不要緊！像湼克拉梭夫那樣無聊的詩人，也說過確切的話——

「不付價就什麼也不給，
運命要贖罪的犧牲！」

忽然來了一個高加索人，這也正如故事上所講那樣，是無教育，粗魯的人物。一面走，一面用高加索話，「密哈來斯，薩克來斯，敏革爾來」的，吆喝似的唱着歌。

他又向他衝過去了。

「不對，」他說，「對不起！如果您是格魯怎人，那麼，您豈不也就是俄羅斯人麼？您當

然應該愛長官命令過的東西，不該唱高加索歌，但是，如果不怕牢監，那就卽使不管命令……」

格魯怎人把他痛打了一頓自去喝卡菲丁酒去了。

他也就這麼的躺着，沈思起來——

「但，但是呢？這里還有韃靼人，亞美尼亞人，巴錫吉耳人，啓爾義斯人，莫耳忒瓦人，列忒尼亞人，——實在多得很而且這還並不是全部……也還有和自己同種的斯拉夫人……」

這時候，又有一個烏克蘭尼人走來了。自然，他也在嚷嚷的唱——

「我們的祖宗了不起，

住在烏克蘭尼……」

「不對不對，」他一面要爬起來，一面說，「對不起，請您以後要用ь（註）這字才好，

（註）讀如ieli，俄國字母的第二十九字——譯者。

因爲如果您不用，那就傷了帝國的一統的……」

他許多工夫，還和這人講了種種事。這人一直聽到完。因爲正如各種烏克蘭尼軼聞集所切實地證明，烏克蘭尼人是懶散的民族，喜歡慢慢地做的。況且他也是特別執拗的人……

好心的人們抱了他起來，問道——

「住在那里呢？」

「大俄羅斯……」

他們自然是送他到警察局裏去。

送着的中途，他顯出一點得意模樣，摸一下自己的臉，雖然痛，卻覺得很大了。於是想道——

「大概，成功了。」

人們請局長洪·猶覃弗列舍爾來看他。因爲他對於同胞很懇切，就給他去叫警察

醫。醫生到來的時候，人們都大喫一驚，私議起來。而且也不再當作一件事，不大理睬了。

「行醫以來，這是第一回，」醫生悄悄的說。「不知道該怎麼診斷才是……」

「究竟是怎麼一回事呢？」他想着，問。

「是呀，這是怎麼一回事呢？」

「是先前的臉完全失掉了的。」洪·猶覃弗列舍爾回答道。

「哦。臉相都變了麼？」

「一點不錯，但您想必知道，」那醫生安慰着說，「現在的臉，是可以穿上褲子的臉了……」

他的臉，就這樣的過了一世。

這故事裏，什麼教訓之類，是一點也沒有的。

六

有一個愛用歷史來證明自己的大人先生一到要說謊的時候，就吩咐跟丁道——

「愛戈爾加，去從歷史裏找出事實來，是要駁倒歷史並不反覆的學說的……」

愛戈爾加是伶俐的漢子，馬上找來了。他的主人用許多史實，裝飾了自己的身子，應情勢的要求，拿出他所必要的全部來，所以他不會受損。

然而他是革命家——有一時，竟至於以爲所有的人都應該是革命家。並且大胆地互相指摘道——

「英國人有人身保護令，但我們是傳票！」——他們很巧妙地揶揄着兩國民之間的那

麼的不同。因爲要消遣世間的煩悶，打起牌來了，賭輸贏直到第三回雄雞叫。第三回雄鷄叫一來報天明，大人先生就吩咐道——

「愛戈爾加，去找出和現在恰恰合式的，多到搬不動那樣的引證來！」

愛戈爾加改了儀容，翹起指頭，意義深長地記起了「雄鷄在聖露西歌唱」的歌——

雄鷄在聖露西歌唱——

說不久就要天明，在聖露西！

「一點不錯！」大家說，「眞的，的確是白天了……」

于是就去休息。

這倒沒有什麼，但人們忽然焦躁的鬧了起來。大人先生看出來了，問道——

「愛戈爾加，民衆爲什麼這麼不平靜呢？」

那跟丁高興的稟覆說——

「民衆要活得像一個人模樣……」

但他卻驕傲的說了——

「原來你以爲這是誰教給他們的？這是我教的！五十年間，我和我的祖宗總教給他們：現在是應該活得像人了的時候，就是這樣的！」

而且越加熱心起來，不住的催逼着愛戈爾加，說——

「去給我從歐洲的農民運動史裏找出事實來，還有，在福音書裏，找關於『平等』的句子……文化史裏，找關於所有權的起源——快點快點！」

愛戈爾加很高興！眞是拼命，弄得汗流浹背，將書本子區別開來，只剩下書面各種動人的事實，堆得像山一樣，拉到他主人那里去。主人稱讚他道——

「要出力！立憲政治一成功，我給你弄一個很大的自由黨報紙的編輯！」

胆子弄得很壯了的他，於是親自去宣傳那些最有智識的農民們去了——

「還有，」他說，「羅馬的革拉克錫兄弟，還有在英國，德國，法國的……這些，都是歷史上必要的事情！愛戈爾加，拿事實來！」

就這樣地馬上引用了事實，給他們知道卽使上頭不願意，而一切民衆，卻都要自由。

農民們自然是高興的。

他們大聲叫喊道——

「眞是多謝你老。」

一切事情都由了基督教的愛和相互的信，收場了。然而，人們突然問道——

「什麼時候走呀？」

「走那里去？」

「別地方去！」

「從那里走？」

「從你這里……」

他是古怪人，一切都明白，但最簡單的事情卻不明白了，大家都笑起來。

「什麼，」一他說。「如果地面是我的，叫我走那里去呢？」

但是大家都不相信他的話——

「怎麼是你的？你不是親口說過的麼：是上帝的，而且在耶穌基督還沒有降生之前，就已經有幾位正人君子知道着這事。」

他不懂他們的話。他們也不懂他。他又催逼愛戈爾加道——

「愛戈爾加，給我從所有的歷史裏去找出來。」

但那跟丁卻毫不遲疑的回答他說——

「所有的歷史，因爲剪取反對意見的證據，都用完了。」

「胡說，這奸細……」

然而，這是眞的。他跑進藏書室裏去一看，剩下的只有書面和書套。爲了這意外的事情，他流汗了。於是悲哀地稟告自己的祖宗道——

「誰將這歷史做得那麼偏頗的方法，教給了你們的呢！都成了這樣子……這算是什麼歷史呀？昏憒胡塗的。」

但大家堅定的主張着——

「然而，」他們說，「你早已清清楚楚的對我們證明過了的，還是快些走的好罷，要不然，就要來趕了……」

說起愛戈爾加來，又完全成了農民們的一氣，什麼事情都顯出對立的態度，連看見他的時候，也當面愚弄起來了——

「哈培亞斯・科爾普斯（註）怎麼了呀！自由主義怎麼了呀……」

簡直是弄糟了。農民們唱起歌來了。而且又驚又喜，將他的乾草堆各自搬到自己的屋子裏去了。

他驀地記了起來的，是自己還有一點手頭的東西。二層樓上，曾祖母坐着在等目前的死，她老到將人話全部忘卻了，只還記得一句——

（註）Habeas Corpus 是查理斯二世時，在國會通過，保障被法庭判決有罪以前的人的一條法律。——譯者。

「不要給……」因爲已經六十一歲，此外的話，什麼也不會說了。

他懷着激昂的感情，跑到她那里去，以骨肉之愛，伏在她的脚跟前，並且訴說道——

「媽媽的婆婆！你是活歷史呀……」

但她自然不過是喃喃的——

「不要給……」

「哦哦，爲什麼呢？」

「不要給……」

「但是他們趕走我，偸東西，這可以麼？」

「不要給……」

「那麼，雖然並不是我的本意，還是幫同瞞着縣官的好麼？」

「不要給……」

他遵從了活歷史的聲音，並且用曾祖母的名義，發了一個悲痛的十萬火急報。自己

卻走到農民們那里，發表道——

「諸位驚動了老太太，老太太去請兵了。但是，請放心罷，看來是沒有什麼的，因爲我不肯放兵到你們那里去的！」

這之間，勇敢的兵丁們跨着馬跑來了。時候是冬天，馬一面跑，一面流着汗，一到就索索的發抖，不久，全身蒙上了一層雪白的霜。大人先生以爲馬可憐，把牠帶進自己的廐屋裏面去。帶了進去之後，便對着農民們這樣說——

「請諸位把先前聚了衆，在我這里胡亂搬去的乾草，趕快還給這馬罷。馬，豈不是動物麼，動物，是什麼罪過也沒有的，唔，對不對呢？」

兵丁們都餓着；喫掉了村子裏的雄鷄。這位大人先生的府上的四近，就靜悄悄了。

愛戈爾加自然仍舊回到他家裏來。他像先前一樣，用他做着歷史的工作，從新買了新的書，囑咐他凡有可以誘進自由主義去的事實，就統統的塗掉，倘有不便塗掉的地方，則填進新的趣旨去。

愛戈爾加怎麼辦呢？對於一切事務，他是都勝任的。因爲要忠實，他連淫書都研究起來了。但是，他的心裏，總還剩着爍亮的星星。

他老老實實的塗抹着歷史，也做着哀歌，要用「敗績的戰士」這一個化名來付印。

唉唉，報曉的美麗的雄鷄喲！
你的榮耀的雄聲，怎麼停止了？
我知道：永不滿足的貓頭鷹，
替代了你了。

主人並不希望未來，
現在我們又都在過去裏，
唉唉，雄鷄喲，你被燒熟，

給大家喫掉了……

叫我們到生活裏去要在什麼時候？
給我們報曉的是誰呢？
唉唉，倘使雄鷄不來報，
怕我們眞要起得太晚了！

農民們自然是平靜了下來，馴良的過着活。並且因爲沒有法子想，唱着下等的小曲——

哦哦，媽媽老實喲！
喂喂，春天來到了，

我們歎口氣，
也就餓死了！

俄羅斯的國民，是愉快的國民呢……

七

有一國的有一處地方，住着猶太人。他們都是用於虐殺，用於毀謗，以及用於別的國家的必要上的極普通的猶太人。

這地方，有着這樣的習慣——

原始民一顯出對於自己的現狀的不滿來，從觀察秩序的那一面，就是從上司那一面，就立刻來了用希望給他們高興的叫喚——

「人民呀，接近主權的位置去呀！」

人民被誘進去了，但他們又來騙人民——

「爲什麼鬧的？」

「老爺，沒有喫的了！」

「那麼，牙齒是還有的罷？」

「還有一點點……」

「你瞧！你們總在計劃些什麼事，並且想瞞住了上頭！」

假如上頭以爲只要徹底的辦一下不平穩的模樣就可以鎭住，那是馬上用這手段的，如果覺得這手段收拾不下了，那就用籠絡——

「唔，你們要什麼呢？」

「一點田地……」

有些人們，却全不懂得國家的利益，還要更進一步，討人厭的懇求道——

「想請怎樣的改正一下子。就是，牙齒呀，肋骨呀，還有我們的五臟六腑呀，都要算作我們自己的東西，別人不能隨隨便便下手，就是這樣子！」

於是上司開始訓戒了——

「喂，諸位！這種空想有什麼用呢？古人說得好，『不要單想麵包。』俗諺裏也說，一個學者，抵得兩個粗人！」

「但他們承認麼？」

「誰呀？」

「粗人們呀！」

「胡說！當然的！三年前的聖母昇天節（註）之後，英國人到這里來，就這樣的請求過——把全部貴國的人民都驅逐到西伯利亞去，讓我們來罷，我們——他們說——規規矩矩的納稅，燒酒是每年給每位先生喝十二桶，而且一般……不行——我們說——爲什麼呀？我們這里，本國的人民是善良的，柔和的，從順的，我們要和他們一起過下去的……就是這樣，青年們，你們去弄弄猶太人，不是比胡鬧好麼？是不是？他們有什麼用？」

（註）八月十五日——譯者。

原始民想了一通，想到了除掉上司親手安排的事情以外，不會再有怎樣的解說，於是決定了——

「噲，好，幹能，列位准了的哩……」

他們破壞了大約五十家房屋，虐殺了幾個猶太人，疲於奮鬬，因希望而平靜了，秩序就這樣地奏着凱歌……

除了上司們，原始民以及作爲囘避擾亂和寬解獸心之用的猶太人之外，這國度裏是還生存着善良的人們的。每有一囘虐殺，他們就會合了全部的人員——十六名，用文字的抗議去告訴全世界——

「縱使猶太人亦屬俄國之臣民，而悉加殲滅，吾等則確信爲非至當，由諸觀點，對於生人之無法之殺戮，吾等爰於此表示其責難焉。休曼涅斯妥夫，（註）菲德厄陀夫，伊凡諾夫，克賽古平，德羅布庚，克理克諾夫斯基，阿息普·忒羅愛訶夫，格羅哈羅，菲戈福波夫，吉

（註）即「人道主義氏」之意——譯者。

理爾・美訶藉夫，斯羅復台可夫，凱比德里娜・可倫斯凱耶，前陸軍中佐納貝比復，律師那倫，弗羅波中斯基，普力則理辛，七齡童格利沙・蒲直錫且夫。」

所以每一回虐殺，那不同之處，就只有格利沙的年紀有變化，和那倫——忽然到和他同名的市上去了——換了那倫斯凱耶的署名。

對於這抗議，有時外省也來了反應——

「贊成參加。」這是拉士兌爾喀也夫從特力摩夫打來的電報。沙謨林的薩陀爾干弩以也來響應了。薩木古理左夫「等」也從渥庫羅夫來響應了。但誰都知道，這「等」是他想出來嚇嚇人的。因爲住在渥庫羅夫，連一個叫「等」的也沒有。

猶太人熟讀着抗議書，愈加悲泣了。但有一回，却有一個猶太人中的非常狡猾的人提議道——

「你們知道麼？怎麼，不知道？這麼的幹一下罷，在這末來的虐殺之前，把紙張，鋼筆，還有墨水，統統藏起來。那時候，他們，連格利沙在內的那十六個，怎麼辦？——來看一看罷？」

彼此都很說得來的，一說，就做，買盡了所有的紙，筆，藏起來了。墨水是倒在黑海裏。於是坐着在等候。

用不着等到怎麼久。又准了，虐殺就開頭，猶太人躺在醫院裏，人道主義者們却在彼得堡滿街跑，找着紙張和鋼筆，然而都沒有，除了上司的辦公室以外，什麼地方也沒有，但是，辦公室却不肯給！

「怎麼樣，諸君！」上司們說，「諸君爲什麼要這東西，我們是知道的！但是，即使沒有這些，諸君該也可以辦得的！」

於是弗羅波中斯基詢問道——

「這是怎麼的呢？」

「這是，」上司們回答說。「我們已經把抗議教夠了，自己想法子去……」

格利沙——他已經四十三歲了——在哭着。

「用話來傳進抗議去罷！」

但是，這也沒法辦！

菲戈爾波夫模模胡胡的想到了——

「板壁上面，怎麼樣？」

可是彼得堡並沒有板壁，都是鐵柵。

但他們向偏僻的市外的屠牛場那一面跑去了，發現了一片陳舊的小板壁，休曼涅斯妥夫剛用粉筆寫了第一個字，忽然間——好像從天而降似的——警官走了過來，開始了教訓——

「幹什麼呀？孩子們這樣的亂塗亂寫，是在罵走他們的，你們不是好像體體面面的紳士麼？唔，這是怎的」

警官當然是不懂他們的，以為是偷犯着第一千一條（註）的文士們的一派。於是他們紅了臉，眞的走回家去了。

（註） 査禁敗壞風俗圖書條項——譯者。

因爲這樣子，所以在這一回的襲擊無從抗議，人道主義者一派也沒有得到滿足就完了。

凡是懂得民族心理學的人們，是公平地講述着的。曰：「猶太人者，狡猾之人民也！」

八

有一處地方住着兩個無賴。一個的頭髮有些黑，別一個是紅的。但他們倆都是晦氣的人物。他們羞得去偷窮人，富人那里却又到底近不去。所以一面想着只好進牢監去喫公家飯，一面還在苦苦的過活。

這之間，這兩個懶漢終於弄得精窮了。因爲新任知府望・兌爾・百斯篤（註）到了任，巡閱之後，出了這樣的告示——

「從本日始，凡俄羅斯國粹之全民，應不問性別年齡及職業，皆毫不猶豫，爲國效勞。」

（註）Von der Pest，意云『黑疫氏』——譯者。

黑頭髮和紅頭髮的兩個朋友，歎息着，猶豫了一番，終於大家走散了，——因爲有些人進了偵緝隊，有些人變了愛國者，有些人兼做着這兩樣，把黑頭髮和紅頭髮剩在完全的孤獨中，一般的疑惑下面了。改革後大約一個禮拜的樣子，他們就窮得很，紅頭髮再也熬不下去了，便對伙伴道——

「凡尼加，我們也還是爲國效勞去罷？」

黑頭髮的臉紅了起來，順下眼睛，說——

「羞死人……」

「不要緊的！許多人比我們過得好，一句話——就因爲在效勞的緣故呀！」

「橫豎他們是快要到變成犯人的時候了的……」

「胡說！你想想看，現在不是連文學家們也在這麼教人麼——『縱心任意的生活罷，橫豎必歸於死亡』……」

也很辯論了一番，却總歸不能一致。

「不行，」黑頭髮說。「你去就是了，我倒不如仍舊做無賴……」

他就去做自己的事。他在盤子裏偷了一個白麵包，剛剛要喫，就被捕，挨了一頓鞭子，送到地方判事那里去了。判事用了莊嚴的手續，決定給他公家飯。黑頭髮在牢監裏住了兩個多月，胃恢復了，一被釋放就到紅頭髮那里去做客人。

「喂，怎麼樣？」

「在效勞呀。」

「做什麼呢？」

「在驅除孩子們呀。」

對於政事，黑頭髮是沒有智識的，他喫了一驚——

「爲什麼呢？」

「爲安寧呀，誰都受了命令的，說是『要安靜，』」紅頭髮解釋着，但他的眼睛裏帶着憂愁。

黑頭髮搖搖頭，仍舊去做他自己的事，又爲了給喫公家飯，送進牢監裏去了。眞是淸淸楚楚，良心也乾淨。

釋放了，他又到伙伴那里去——他們倆是彼此相愛的。

「還在驅除麼？」

「唔，那自然……」

「不覺得可憐麼？」

「所以我就只揀些腺病質的……」

「不能沒有區別麼？」

紅頭髮不作聲，只吐着沉痛的歎息，而且紅色淡下去了，發了黃。

「你怎麼辦的呢？」

「唔，這麼辦的……我奉到的命令，是從什麼地方捉了孩子，帶到我這里，於是從他們問出實話來。但是，問不出的，因爲他們橫豎是死掉的……我辦不來，恐怕那……」

「你告訴我，爲什麼要這麼辦呢？」黑頭髮問。

「爲了國家的利益，在這麼辦的」紅頭髮說，但他的聲音發着抖，兩眼裏含了眼淚了。

黑頭髮在深思——他覺得伙伴可憐相——要替他想出一種什麼獨立的事業來。

忽然間，很有勁的開口道——

「喂，發了財了麼？」

「那當然，老例呀……」

「唔，那麼，來辦報罷！」

「爲什麼？」

「好登橡皮貨的廣告……」

這中了紅頭髮的意，他乾笑了。

「好給人不生孩子麼？」

「自然！不是用不着生了他們來受苦麼？」

「不錯的！但是，爲什麼要辦報呢？」

「做做買賣的掩飾呀，這獃子！」

「同事的記者們恐怕未必贊成罷？」

黑頭髮覺得太出意外了，吹一聲口哨。

「笑話！現在的記者，是把自己活活的身子當作試演，獻給女讀者的呢……」

這樣的決定了——紅頭髮就在「優秀的文藝界權威的贊助之下」動手來辦報。辦公室的旁邊，開着巴黎貨的常設展覽會。編輯室的樓上，還給愛重體面的貴人們設了休憩室。

事業做得很順手。紅頭髮過着活，發胖了。貴人們都很感激他。他的名片上印着這樣的文字——

「這邊那邊」日報編輯兼發行人
「勞於守法羣公嘉蔭齋」齋主兼創辦人
本齋另售並販賣衛生預防具

多縱橫

黑頭髮從牢監裏出來，到伙伴那里喝茶去，紅頭髮却請他喝香檳酒，誇口道——

「兄弟，我現在簡直好像在用香檳酒洗臉，別的東西是不成的了，眞的！」

因爲感激得很，還閉了兩隻眼睛親暱的說道——

「你教給我好法子了！這就是爲國效勞呀！大家都滿足着哩！」

黑頭髮也高興。

「好，就這樣地過活下去罷！因爲我們的國度，是並不麻煩的！」

紅頭髮感激了，於是勸他的朋友道——

「凡涅，還是到我這里來做個訪事員罷！」

「不行，兄弟，我總是舊式的人，我還是仍舊做無賴，照老樣子……」

這故事裏，是什麼意義也沒有的……連一點點！

九

有一個時候，上司頗倦於和懷異心的人們的爭鬬了，但因爲希望終於得到桂冠，休息一下，便下了極嚴峻的命令——

「凡懷異心者，應卽毫不猶豫，從所有隱匿之處曳出，一一勘定，然後以必要之各種相當手段，加以殲除此令。」

執行這命令的，是撲滅男女老小的經常僱員，曾爲非戈國王陛下及「阿古濃田」的田主效過力的前大尉阿崙提・斯台爾文珂。所以對於阿崙提，付給了一萬六千個盧布。

招阿崙提來辦這件事，也並不是因爲本國裏找不出相宜的人，他有異常嚇人的堂

堂的風貌，而且多毛，多到連不穿衣服也可以走路，牙齒有兩排，足有五十四個，因此得着上司的特別的信任。要而言之，就是爲了這些，招他來辦的。

他雖然具備着這些資格，却粗鹵的想道——

「用什麼法子查出他們來呢？他們不說話！」

眞的，這市裏的居民，實在也很老練了。彼此看作宣傳員，互相疑懼，就是對母親說話，也只用一定的句子，或者外國話，確鑿的話是不說的。

「Nést-ce pas?（是罷？）」

「Maman（媽媽），中飯時候了罷，Nést-ce pas?」

「Maman，我們今天不可以去看電影麼，Nést-ce pas?」

但是，斯台爾文珂仔仔細細的想了一通之後，到底也發見了祕密思想的暴露法，他用過氧化氫洗了頭髮，修刮一下，成了一個雪白的人，於是穿上不惹人眼的衣服。這就是他，是看也看不出的！

旁晚邊，就到街上去，慌慌張張的走着，一看見順從天性之聲的市民悄悄的溜進什麼地方去，就從左邊攔住他，引誘似的低聲的說道——

「同志，現在的生活，您一定不覺得滿足罷？」

最初，市民就像想到了什麼似的，放緩了脚步，但一望見遠遠的來了警察，便一下子現出本相來了——

「警官，抓住他……」

斯台爾文珂像猛虎一樣，跳過籬垣，逃走了，他坐在蕁麻叢裏細細的想——

「這模樣，是查不出他們來的，他們都行動得很合法，畜生！」

這之間，公款減少下去了。

換上淡色的衣服，用別樣的手法來捉了。大膽的走近市民去，問道——

「先生，您願意做宣傳員麼？」

於是市民就坦然的問道——

「薪水多少呢?」

別的一些人,却客客氣氣的回覆——

「多謝您。我是已經受了僱的!」

「着了,」阿崙提想,「好,抓住他!」

這之間,公款自然而然的減少下去了。

也去探了一下「臭蛋的各方面利用公司,」但這是設在三個監督和一個憲兵官的高壓之下的,雖然每年開一次會議,却又知道那是一位每回得着彼得堡的特別許可的女人。阿崙提覺得無聊起來了,因此公款也就好像生了急性肺炎一樣。

於是他氣忿了。

「好罷!」

他積極的活動了起來——一走近市民去,便簡截的問道——

「生活滿足嗎?」

「滿足得很！」

「但是，上司却不滿足哩？再見……」

如果有誰說不滿足的，那當然——

「抓住！」

「等一等……」

「什麽事呀？」

「我所謂不滿足，不過是指生活還沒有十分堅固這一點而言的。」

「這樣的麽抓……」

他用了這樣的方法，在三禮拜裏，抓到了一萬個各式各樣的人，首先是把他們分送在各處的牢監裏，其次是弔起他們的頸子來，但因爲經濟關係，也就叫市民自己來下手。

諸事都很順當。但是，有一回，上司的頭子去獵兔子了，從市上動身之後，所見的是野外的非常的熱鬧和市民的平和的活動的情景——彼此舉出犯罪的證據來，互相詰難

着，吊着，埋着，一面是斯台爾文珂拿着棍子，在他們之間走來走去，激勵着——

「趕快！喂，黑臉，再快活點！喂，敬愛的諸君，你們發什麽獃呀？繩套子做好了沒有——哪，吊起來，不是用不着礙別人的手脚嗎？孩子，喂，孩子，爲什麽不比你爸爸先上去的？喂，大家！不要這麽性急，總歸來得及的……因爲希望安靜，忍耐得長久了，忍耐一下有什麽難呢！喂，鄉下人，那里去？……好不懂規矩……」

上司跨在駿馬的脊梁上，跳望着，一面想——

「他弄到了這許多，眞好本領！所以市裏的窗戶，全都釘起來了……」

但這時忽然看見的，是他的嫡親的伯母，也脚不點地的掛着。大喫了一驚。

「到底是誰在指揮呀？」

斯台爾文珂立刻走近去。

「大人，是卑職！」

於是上司說道——

「喂，兄弟，你一定是個昏蛋，像會亂用公款似的！造決算書來給我罷。」

斯台爾文珂送上決算書去，那裏面是這麼寫着的——

「爲執行關於撲滅懷異心者之命令，卑職凡揭發並拘禁男女懷異心者一〇、一〇七名口。

計開——

誅戮者…………男女　七二九名口

絞斃者…………同　五四一名口

令衰弱至決難恢復者…………男女　九三七名口

事前死亡者…………同　三一七名口

自殺者　同　六三名口

撲滅者，共計　一、八七六名口

費用　一六、八八四盧布

連一切費用在內，每名口所費用以七盧布計算，計

不足　八四四盧布」

長官發抖了，索索的發抖了，自言自語似的說道——

「不——足——嗎？什麼東西，這菲戈鬼！你的菲戈全島，加上了你的王，連你添進去，也値不到八百盧布呀！你去想想看——如果你這麼的揩油，那麼，比你高出十倍以上的人物的這我那時候又怎麼樣遇着這樣的胃口？俄國是不夠喫三年的，但是，要活下去的却不只你一個，你懂得嗎？况且賬上的三百八十名口，是多出來的，你看，這『事前死亡者』和『自殺』者的兩項——就分明是多出來的！這賊骨頭，不是連不能上賬的，也都開進去了嗎？……」

「大人！」阿崙提分辯說。「但是，這是因爲卑職使他們不想活下去了的緣故啊。」

「但是，這樣的也要算七盧布一個嗎？還有呢，恐怕連毫不相干的人，也不知道有多少塡在這裏面呢！本市全部的居民，是有一萬二千名口的——不行，小子，我要送你到法院去！」

果然，對於菲戈八的行動，施行了最嚴密的調査。他的犯了九百十六盧布的侵呑公

款罪，竟被發覺了。

阿崙提被公正的審判所判決，宣告他應做三個月的苦工，那地位，是沒有了。總而言之——菲戈八要喫三個月苦。

迎合上司的意思——這也是難得很的。

十

有一個好人，在仔仔細細的想着他應該做什麼。

終於決了心——

「不要再用暴力來反抗惡罷，還是用忍耐來把惡征服！」

他並不是一個沒有個性的人，所以決了心之後，就坐着忍耐了起來。

然而，偵探伊額蒙這一派一知道，却就去報告去了——

「看管區內居民某，忽開始其不動之姿勢與無言之行動。此顯係欲使己身如無，以圖欺誑上司也。」

伊額蒙勃然大怒道——

「什麼？沒有誰呀？沒有上司嗎！帶他來！」

帶來了之後，他又命令道——

「搜身！」

檢查過身體。值錢的東西都被沒收了，就是，錶和純金的結婚戒指被拿去了，鑲在牙上的金被挖去了，還有，新的褲帶也被解掉，連扣子都摘去了，這才報告說——

「搜過了。伊額蒙！」

「唔，什麼——什麼也沒有了嗎？」

「什麼也沒有了，連不相干的東西也統統拿掉了！」

「但是，腦袋裏面呢？」

「腦袋裏面好像也並沒有什麼似的。」

「帶進來！」

居民走到伊額蒙的面前來，他用兩隻手按着褲子，伊額蒙一看見，却當作這是他對於生命的一切變故的準備了。但爲了要引起痛苦的感情來，還是威猛的大聲說——

「喂，居民，來了?!」

那居民就馴良的稟告道——

「全體都在治下了。」

「你是怎麼了的呀，唔?」

「伊額蒙，我全沒有什麼！我不過要用忍耐來征服……」

伊額蒙的頭髮都豎了起來，發吼道——

「又來？又說征服嗎?」

「但這是說把惡……」

「住口！」

「但這並不是指您的……」

伊額蒙不相信——

「不指我？那麼指誰？」

「是指自己！」

伊額蒙喫了一驚——

「且慢，惡這東西究竟是在那里的呀？」

「就在於抗惡！」

「是朦混罷？」

「眞的，可以起誓……」

伊額蒙覺得自己流出冷汗來。

「這是怎麼的呢？」他看定着居民，想了一通之後，問道——

「你要什麼呀？」

「什麼也不要？」

「爲什麼什麼也不要?」

「什麼也不要!只請您許可我以身作則,教導人民。」

伊額蒙又咬着鬍子,思索起來了。他是有空想的的心的,還愛洗蒸汽浴,但是淫蕩的地阿唷阿唷的叫喊,大體是偏於總在追求生活的歡樂這一面的。並且不能容忍反抗和剛愎,對於這些時常講求着將硬漢的骨頭變成稀粥那樣的軟化法。但在追求歡樂和軟化居民的餘暇,却喜歡幻想全世界的和平和救濟我們的靈魂。

他在凝視着居民,而且在詫異。

「一直先前就這樣的?是罷!」

於是他成了柔和的心情,歎息着問道——

「什麼又使你成了這樣的呢,唔?」

那居民回答說——

「是進化……」

「不錯，朋友，那是我們的生命呵！有各色各樣的……一切事物，都有缺陷，搖擺着身子，但躺起來，那一邊向下好呢，我們不知道……不能挑選，是的……」

伊額蒙又歎息了。他也是人，也愛祖國，靠着牠過活。各種危險的思想，使伊額蒙動搖了——

「將人民看作柔和的，馴良的東西，那是很愉快的——的的確確！但是，如果大家都停止了反抗，不是也省掉了曬太陽和旅行費嗎？，不，居民都死完，是不至於的，——在朦混呀，這匪徒！還得研究他一下。做什麼用呢？做宣傳員臉的表情太散漫，無論用什麼假面具，也遮不住這沒表情，而且他的說話又不淸楚。做絞刑吏，怎麼樣呢？力量不夠……」

到底想了出來了，他向辦公人員說——

「帶這好運道的人，做第三救火隊的馬房掃除人去罷！」

他入了隊，但是不屈不撓的掃除着馬房。這對於工作的堅忍，伊額蒙看得感動了，他的心裏發生了對這居民的相信。

「假使一切事情，都是這模樣呢？」

經過了暫時的試驗之後，就使他接近自己的身邊，叫他來瞻淸隨便做成的銀錢的收支報告，居民瞻淸了，一聲也不響。

伊額蒙越加佩服了，幾乎要流淚。

「哈哈，這個人，雖然會看書寫字，却也有用的。」

他叫居民到自己面前來，說道——

「相信你了！到外面講你的眞理去罷，但是，要眼觀四向呀！」

居民就巡游着市場，市集，以及大大小小的都會，到處高聲的揚言道——

「你們在做些什麼呀？」

人們看見了不得不信的異乎尋常的溫情的人格，於是走近他去，招供出自己的罪惡來，有些人竟還發表了祕藏的空想——有一個說，他想偸，却不受罰；第二個說，他想巧妙的誣陷人；第三個說，他想設法講誰的壞話。

要而言之，無論誰，都——恰如向來的俄羅斯人一樣——希望着逃避對於人生的所有的本分，忘却對於人生的一切的責任。

他對這些人們說——

「你們放棄一切罷！有人說過：『一切存在，無非苦惱，人因欲望，遂成苦惱，故欲斷絕苦惱，必須消滅欲望。』所以，停止欲望罷，那麼，一切苦惱，就自然而然的消除了——眞的！」

人們當然是高興的，因爲這是眞實而且簡單。他們卽刻躺在自己站着的地方安穩了。也幽靜了……

這之後，雖然程度有些參差，但總而言之，四圍却非常平靜，靜到使伊額蒙覺得凄慘了，但他還虛張着聲勢——

「這些匪徒們，在裝腔呀！」

只有一些昆蟲，仍在遂行着自己的天職，那行爲，漸漸的放肆起來了，也非常繁殖起來了。

「但是，這是怎樣的肅靜呵！」伊額蒙縮了身子，各處搔着癢，一面想。

他從居民裏面叫出忠勤的僕人來——

「喂，蟲豸們在攪擾我，來幫一下罷。」

但那人回答他道——

「這是不能的。」

「什麼？」

「無論如何，是不能的。雖說蟲豸們在攪擾，但還是因爲您是活人的緣故呀，但是……」

「那麼，我就要叫你變死屍了！」

「隨您的便。」

無論什麼事，全是這樣子。誰都只說是「隨您的便。」他命令人執行自己的意志，就得到極利害的傷心。伊額蒙的衙門破落了，滿是老鼠，亂咬着公文，中了毒死掉。伊額蒙自

己也陷入更深的無聊中，躺在沙發上，幻想着過去——那時是過得很好的！告示一出，居民們就有各種反對的行爲，有誰該處死刑，就必得有給喫東西的法律！倘在較遠的地方，居民想有什麼舉動，是一定應該前去禁止的，於是有旅費！一得到「卑職所管區域內的居民已經全滅」的報告，還得給與奬賞和新的移民！

伊額蒙躭着過去的幻想，但鄰近的別的人種的各國裏，却像先前一樣，照着自己的老規矩在過活，那些居民，在各處地方，用各種東西，彼此在吵架，他們裏面，喧鬧和雜亂和各種的騷擾，是不斷的，然而誰也不介意，因爲對於他們，這是有益的，而且也還有趣的。

伊額蒙忽然想到了——

「唔！居民們在朦蔽我！」

他跳起來，在本國裏跑了一轉，推着大家，搖着大家，命令道——

「起來，醒來，站起來！」

毫無用處！

他抓住他們的衣領，然而衣領爛掉了，抓不住。

「猪玀！」伊額蒙滿心不安帖叫道，「你們究竟怎麼了呀？看看鄰國的人們罷！……哪，連那中國尙且……」

居民們緊貼着地面，一聲也不響。

「唉，上帝呵！」伊額蒙傷心起來了，「這怎麼辦才好呢？」

他來用欺騙，他彎腰到先前那一個居民的面前，在耳朶邊悄悄的說道——

「喂，你祖國正遭着危難哩，我起誓，眞的，你瞧，我劃十字，完全眞的，正嘗着深切的危難哩！起來罷，非抵抗不可……無論怎樣的自由行動都許可的……喂，怎麼樣？」

然而已經朽腐了的那居民，却只低聲說——

「我的祖國，在上帝裏……」

別的那些是恰如死人一樣，一聲也不響。

「該死的運命論者們！」伊額蒙絕望的叫道，「起來罷！怎樣的抵抗都許可的……」

只有一個曾是爽直而愛吵架的人，微微的欠起一點身子，向周圍看了一看——

「但是，抵抗什麼呢？什麼也沒有呀……」

「是的，還有蟲豸……」

「對於那蟲豸，我們是慣了的！」

伊額蒙的理性，完全混亂了。他站在自己的土地的中央，提高了蠻聲，大叫道——

「什麼都許可了，我的爸爸們！救救我！實行罷！什麼都許可了！大家互相咬起來呀！」

寂靜，以及舒服的休息。

伊額蒙想：什麼都完結了！他哭了起來。他拔着給熱淚弄濕了的自己的頭髮，懇求道——

「居民們！敬愛的人們！要怎麼辦才好呢，現在，莫非叫我自己去革命嗎？你們好好的想想罷，想一想歷史上是必要的，民族上是難逃的事情……我一個，是不能革命的，我這里，連可用的警察也沒有了，都給蟲豸喫掉了……」

然而他們單是睒睒眼。就是用樹尖來刺，大約也未必開口的!
就這樣，大家都不聲不響的死掉了，失了力量的伊額蒙，也跟着他們死掉了。
因爲是這模樣，所以雖在忍耐的裏面，也一定應該有中庸。

十一

居民裏面最聰明的人們，對於這些一切，到底也想了起來了——

「這是怎麼的呀？看來看去，都只有十六個！」

費盡了思量之後，於是決定道——

「這都因爲我們這里沒有人才的緣故。我們是必須設立一種完全超然的，居一切之上，在一切之前的中央思索機關的，恰如走在緜羊們前面的公山羊一樣……」

有誰反對了——

「朋友們，但是，許多中心人物，我們不是已經夠受了嗎？」

不以爲然。

「那一定是帶着俗務的政治那樣的東西罷？」

先前的那人也不弱——

「是的，沒有政治怎麼辦呢，況且這是到處都有的！我自然也在這麼想——牢監滿起來了，徒刑囚監獄也已經塞得一動都不能動，所以擴張權利，是必要的……」

但人們給他注意道——

「老爺，這是意德沃羅基呀，早是應該拋棄的時候了！必要的是新的人，別的什麼也不要……」

於是立刻遵照了聖師的遺訓裏所教的方法，開手來創造人。把口水吐在地上，捏起來，拌起來，弄得泥土一下就糟到耳朶邊。然而結果簡直不成話。爲了那惴惴然的熱心，竟把地上的一切好花踏爛，連有用的蔬菜也滅絕了。他們雖然使着勁，流着汗，要弄下去，但——因爲沒本領，所以除了互相責備和胡說八道以外，一無所得。他們的熱心終於使上

蒼發了怒——起旋風，動大雷，酷熱炙着給狂雨打溼了的地面，空氣裏充滿了悶人的臭味——喘不了氣！

但是，時光一久，和上蒼的糾紛一消散，看哪，神的世界裏，竟出現了新的人！誰都大歡喜，然而——唉唉，這暫時的歡喜，一下子就變成可憐的窘急了。

爲什麼呢？因爲農民的世界裏一有新人物發生，他就忽然化爲精明的商人，開手來工作，零售故國，四十五戈貝克起碼。到後來，就全盤賣掉了，連生物和一切思索機關都在內。

在商人的世界裏，造出新人來——他就是生成的墮落漢，或者有官氣的。在貴族的領地裏——是像先前一樣，想擠淨國家全部收入的人物在抽芽；平民和中流人們的土地上呢，是像各式各樣的野薊似的，生着煽動家，虛無主義者，退嬰家之類。

「但是，這樣的東西，我們的國度裏是早就太多了的！」聰明的人們彼此談論着，眞的思索起來了——

「我們承認，在創造技術上，有一種錯誤。但究竟是怎樣的錯誤呢？」

在坐着想，四面都是爛泥，跳上來像是海裏的波浪一樣，唉唉，好不怕人！

他們這樣的辯論着——

「喂，舍列台萊·拉甫羅維支，你口水太常吐，也太亂吐了……」

「但是，尼可爾生·盧啓文，你吐口水的勇氣可還不夠哩……」

新生出來的虛無主義者們，却個個以華西加·蒲思拉耶夫（註）自居，蔑視一切，嚷叫道——

「喂，你們，菜葉兒們！好好的幹呀，但我們，……來幫你們的到處吐口水……」

於是吐口水，吐口水……

全盤的憂鬱，相互的憤恨，還有爛泥。

這時候，夏謨林中學的二年級生米佳·科羅替式庚逃學出來，經過這里了，他是有

（註）荷拉迪彌爾大公時代的英雄——譯者。

名的外國郵票搜集家綽號叫作「鋼指甲。」他走過來，忽然看見許多人坐在水窪裏，吐下口水去。並且還好像正在深思着什麼事。

「年紀不小了，却這麼髒！」少年原是不客氣的，米佳就這麼想。

他凝視了他們，看可有教育界的分子在裏面，但是看不出，於是問道——

「叔父們，爲什麼都浸在水窪裏的呀？」

居民中的一個生了氣，開始辯論了——

「爲什麼這是水窪！這是象徵着歷史前的太古的深池的！」

「但你們在做什麼呢？」

「在要創造新的人！因爲你似的東西，我們看厭了……」

米佳覺得有趣。

「那麼，造得像誰呢？」

「這是什麼話？我們要造無可比擬的……走你的罷！」

米佳是一個還不能獻身於宇宙的神祕之中的少年，自然很高興有這機會，可以參與這樣的重要事業，於是直爽的勸道——

「創造三隻脚的罷！」

「爲什麽呢？」

「他跑起來樣子一定是很滑稽的……」

「走罷，小傢伙！」

「要不然有翅子的怎麽樣？這很好！造有翅子的罷！那麽，就像格蘭特船長的孩子們裏面的老鵰一樣，他會把教師們抓去。書上面說，老鵰抓去的並不是教師，但如果是教師，那就更好了……」

「小子你連有害的話都說出來了！想想日課前後的禱告罷……」

但米佳是喜歡幻想的少年，漸漸的熱中了起來——

「教師上學校去。從背後緊緊的抓住了他的領頭，飛上空中的什麽地方去了。什麽

地方呢，那都一樣！教師只是蹬着兩隻脚，教科書就這樣的落下來。這樣的教科書，就永遠尋不着……」

「小子！要尊敬你的長輩！」

「教師就在上面叫他的老婆——別了，我像伊里亞和遏諾克一樣，昇天了；老婆那一面，却跪在大路中間，哭哩哭哩，我的當家人呀，教導人呀！……」

他們對這少年發了怒。

「滚開！這種胡說八道，沒有你，也有人會說的，你還太早呢！」

於是把他趕走了。米佳逃了幾步，就停下來想，詢問道——

「你們眞的在做麼？」

「當然……」

「但是做不順手嗎？」

他們煩悶地歎着氣，說——

「唔，是的。不要來妨害走罷——」
米佳就又走遠了一些，伸伸舌頭，使他們生氣。
「我知道爲什麼不順手！」
他們來追少年了，他就逃，但他們是熟練了驛站的飛脚的人物，追到了，立刻拔頭髮。
「嚇，你……爲什麼得罪長輩的？……」
米佳哭着懇求說——
「叔父們……我送你們蘇丹的郵票……我有臨本的……還送你們小刀……」
但他們嚇唬着，好像校長先生一樣。
「叔父們眞的，我從此不再搗亂了。但我實在也看出了爲什麼造不成新的人……」
「說出來……！」
「稍稍鬆一點……」
放鬆了，但還是揑住着兩隻手。少年對他們說道——

「叔父們！土地不像先前了！土地不中用了，眞的，無論你們怎樣吐口水，也什麼都做不出來了！先前上帝照着自己的模樣，創造亞當的時候，所謂土地，不是全不爲誰所有的嗎？但現在却都成了誰的東西。哪，所以，人也永遠是誰的所有了……這問題，和口水是毫無關係的……」

這事情使他們茫然自失，至於將揑住的兩隻手放開。米佳趁勢逃走了。逃脫了他們之後，把拳頭當着自己的嘴，罵着——

「這發紅的科曼提人！伊羅可伊人！」

然而他們又一致走進水窪裏，坐了下來，他們中間的最聰明的一個說——

「諸位同事，自做我們的事罷！要忘記了那少年，因爲他一定是化了裝的社會主義者……」

唉唉，米佳，可愛的人！

十二

有叫作伊凡湼支的一族，是奇怪之極的人民！無論遭了什麼事，都不會驚駭！

他們生活在全不依照自然法則的「輕妄」的狹窄的包圍中。

「輕妄」對於他們，做盡了自己的隨意想到的事，隨手做去的事……從伊凡湼支族，剝了七張皮，於是嚴厲的問道——

「第八張皮在那里？」

伊凡湼支人毫不喫驚，爽利地回答「輕妄」道——

「還沒有發育哩，大人，請您稍稍的等一下……」

「輕妄」一面焦急地等候着第八張皮的發生，一面用信札，用口頭，向鄰族自負道——

「我們這里的人民，對於服從，是很當心的。你就是逞心縱意的做，一點也不喫驚！比起來，眞不像足下那邊的……那樣……」

伊凡涅支族的生活，是這樣的——做着一點事，納着捐，送些萬不可省的賄賂，在這樣的事情的餘暇，就靜悄悄的，大家彼此嗚一點不平——

「難呵，兄弟！」

有點聰明的人們却豫言道——

「怕還要難起來哩！」

他們裏面的誰，有時也跟着加添幾句話。他們是尊敬這樣的人物的，說道——

「他在i字頭上加了點了！」

伊凡涅支族租了一所帶有花園的大屋子，在這屋子裏，收留着每天練習講演，在i

字頭上加着點的特別的人們。

這裏面大約聚集了四百個人，其中的四個，蒼蠅似的，開手來加點了，加的只是因爲警官好奇，給了許可的點，他們於是向全世界誇口道——

「看我們堂堂皇皇的創造出歷史來！」

但從警官看起來，他們的事業却好像是尋開心，他們還沒有在別的字上加點，就斬釘截鐵的通知他們說——

「不要弄壞字母了，大家都回家去！」

把他們趕散了，但他們並不喫驚，彼此互相安慰道——

「不要緊的，」他們說，「我們要寫上歷史去，使這種有失體面的事情，全都成爲他們的汚點！」

於是伊凡涅支族在自己的家裏，一回兩三個，祕密的聚起來，仍然毫不喫驚的，彼此悄悄的說道——

「從我們的選拔出來的同人們裏，又給人把辯才奪去了！」

莽撞的粗暴的人們，就互相告語說——

「在『輕妄』那里，是沒有什麼法律之類的！」

伊凡涅支族大概都喜歡用古諺來安慰他自己。和「輕妄」起了暫時的不一致，他們裏面的誰給關起來了，他們就靜靜的說出哲學來——

「多事之處勿往！」

如果他們裏面的誰，高興別人的得了災禍呢，那就說——

「應知自己之身分！」

伊凡涅支族就以這樣的法子過活。過活下去，終於把一切i字，連最末的一個也加了點了！除此以外。他們無事可做！

「輕妄」看透了這全無用處，就命令全國，發布了極嚴厲的法律——

從此禁止在i字上加點，並且除允准者外，凡居民所使用之一切上，皆不得有任何

附點存在。如有違犯，卽處以刑法上最嚴峻之條項所指定之刑，

伊凡涅支族茫然自失了！做什麼事好呢？

他們沒有受過別樣的教練，只會做一件事，然而這被禁止了！

於是兩個人一班，偸偸的聚在昏暗的角落裏，像逸話裏面的波寫訶尼亞人一樣，附着耳朵討論了起來——

「伊凡涅支！究竟怎麼辦呢，假如不准的話？」

「喂——什麼呀？」

「我並沒有說什麼，但總之……」

「沒有什麼也好，這夠受了！沒有什麼呀！可是你還在說——眞的！」

「唔，說我在怎麼？我什麼也不呀！」

除此以外，他們是什麼話也不會說的了！

十三

國度的這一面，住着苦什密支族，那一邊呢，住着盧啓支族，其間有一條河。

這國度，是偪促的地方，人民是貪心的，又很嫉妬，因此人民之間，就爲了各種無聊事吵起架來，——只要有一點什麼不如意事，立刻嚷嚷的相打。

拚命相咬，各决輸贏，于是來計算那得失。一說到計算，可是多麼奇特呀?!莽撞的胡亂的鬪了的人，利益是很少的——

苦什密支族議論道——

「那盧啓支八一個的實價，是七戈貝克，(註)但打死他却要化一盧布六十戈貝克。

這是怎麼的呀?」

盧啓支族這一面也在想——

「估起來，一個活的苦什密支人是兩戈貝克也不値的，但打死他，却化到九十戈貝克了!」

「什麼緣故呢?」

于是懷着恐怖心，大家這樣的决定了——

「有添造兵器的必要，那麼，仗就打得快，殺人的價錢也會便宜。」

他們那里的商人們，就撐開錢袋，大叫道——

「諸君!救祖國呀!祖國的價値是貴的呵!」

準備下無數的兵器，挑選了適宜的時期，彼此都要把別人趕出大家有份的世界去!

戰鬬了，戰鬬了，决定輸贏了，掠奪了，于是又來計算那得失——多麼迷人呢!

（註）一百戈貝克爲一盧布，每一戈貝克，現在約合中國錢二分——譯者。

「但是，」苦什密支族說，「好像我們這面還有什麼不合式！先前是用一盧布六十戈貝克做掉盧啓支人的，現在却每殺一個，要化到十六盧布了！」

他們沒有元氣了！盧啓支族那一面呢，也不快活。

「弄不好！如果戰爭這樣貴，也許還是停止了的好能！」

然而他們是強硬的人，就下了這樣的決心——

「兄弟！要使決死戰的技術，比先前更加發達起來！」

他們那里的商人們，就撐開錢袋，大吼道——

「諸君！祖國危險哩！」

而自己呢，却悄悄的飛漲了草鞋的定價。

盧啓支族和苦什密支族，都使決死戰的技術發達了，決定輸贏了，掠奪了，計算得失了——竟是傷心得很！

活人原是一文也不値的，但要打死他，却愈加貴起來了！

在平時，是大家彼此鳴不平——

「這事情是要使我們滅亡的！」盧啓支人們說。

「要完全滅亡的！」苦什密支人們也同意。

但是，有誰的一隻鴨錯在河裏一泅的時候，就又打了起來了。

他們那里的商人們，就撐開錢袋，埋怨道——

「這鈔票，是只使人喫苦的！無論抓多少，總還是沒有夠！」

苦什密支族和盧啓支族打了七年仗，沒頭沒腦的相搏，毀壞市街，燒掉一切，連五歲的孩子們也用機關鎗來打殺。那結果，有些人是只剩了草鞋，別的有些人則除了領帶以外，什麼也不剩，人民竟弄得只好精赤條條的走路了。

大家決定輸贏了、掠奪了，計算得失了，于是彼此兩面，都惘惘然了。

他們映着眼睛，喃喃的說——

「不成！諸君，不行呀，決死戰這件事，好像是我們的力量簡直還不能辦到似的！看罷！」

每殺一個苦什密支人，要化到一百盧布哩。不行，總得想一個別的方法才好。」
會議之後，他們成隊的跑到河邊，對面的岸上，敵人也成羣的站着。
自然，他們是很小心的彼此面面相覷，彷彿是害羞躊躕了許多工夫，但從有一邊的岸上，向着那一邊的岸上說話了——
「你們，怎麽了呀？」
「我們嗎，沒有什麽呀。」
「我們是不過到河邊來看看的……」
「我們也是的……」
他們站着，害羞的人在搔頭皮，別的人是憂鬱着在歎氣。
于是又叫了起來了——
「你們這里，有外交使者嗎？」
「有的呀，你們這里呢？」

「我們也有……」

「哦！」

「那麼，你們呢？……」

「唔，我們是，自然沒有什麼的。」

「我們嗎？我們也一樣……」

彼此瞭解了，把外交使者淹在河裏之後，明明白白的說出來了——

「我們來幹什麼的，知道嗎？」

「也許知道的！」

「那麼，爲什麼呀？」

「因爲要講和罷。」

苦什密支這一族嚜了一驚。

「怎麼竟會猜着的呢？」

但盧啓支族這一面，微笑着說——

「唔，我們自己也就爲了這事呀！戰爭眞太化錢了。」

「哦哦，眞是的！」

「即使你們是流氓，總之，還是和和氣氣的大家過活罷，怎麼樣？」

「即使你們是賊骨頭，我們也贊成的！」

「兄弟似的過活罷，那麼，恐怕可以儉省得多了！」

「可以儉省得多的。」

誰都高興，給惡鬼迷住了似的人們，都舞蹈起來了，跳起來了，燒起篝火來了。抱住對方的姑娘，使她乏了力，還偸對方的馬匹，互相擁抱，大家都叫喊道——

「哪，兄弟們，這多麼好呀？即使你們是……譬如……」

于是苦什密支族囘答說——

「同胞們！我們是一心同體的。即使你們，自然，即使是那個……也不要緊的！」

從這時候起，苦什密支族和盧啓支族就平靜地，安穩地過活了，完全放棄了武備，彼此都輕鬆地，平民的地，互相偷東西。

然而，那些商人們，却仍然照了上帝的規矩生活着。

十四

馴良而執拗的凡尼加，縮着身子，睡在只有屋頂的堆房裏，是拚命的做了事情之後，休息在那里的。有一個貴族跑來了，叫道——

「凡尼加，起來罷！」

「爲什麼呢？」

「救墨斯科去呀！」

「墨斯科怎麼了？」

「波蘭人在那里放肆得很！」

「這無賴漢……」

凡尼加出去了，救着的時候，惡魔波羅忒涅珂夫吆喝他道——

「昏蛋，你爲什麼來替貴族白費氣力的去想一想罷！」

「想嗎，我一向沒有習慣，聖修道神甫會替我好好的想的。」凡尼加說。他救了墨斯科，回來一看，屋頂沒有了。

他歎一口氣——

「好利害的偸兒！」

因爲想做好夢，把右側向下，躺着，一睡就是二百年，但忽然間，上司跑來了——

「凡尼加，起來罷！」

「爲什麼呢？」

「救俄羅斯去呀！」

「誰把俄羅斯？」

「十二條舌頭的皤那巴拉忒呀！」

「哼，給牠看點顏色……要牠的命！」

前去救着的時候，惡魔皤那巴拉忒悄悄的對他說——

「凡湼，你爲什麼要給老爺們出力呢，凡紐式加，你不是已經到了應該脫出奴隸似的職務的時候了嗎！」

「他們自己會來解放的。」凡尼加說。于是把俄羅斯救出了。回了家，驟然一看，家裏沒有屋頂！

他歎一口氣——

「狗子們，都偷走了！」

跑到老爺那里去，問道——

「這是怎麼的，救了俄羅斯，却什麼也不給我一點嗎？」

「如果你想要，就給你一頓鞭子罷？」

「不不，不要了！多謝你老。」

這之後，又睡了一百年，做着好的夢。但是，沒有喫的。有錢，就喝酒，沒有錢，就想——

「唉唉，喝酒，多麽好呢！」

哨兵跑來了，叫道——

「凡尼加，起來罷！」

「又有什麽事了？」

「救歐羅巴去呀！」

「牠怎麽了？」

「德國人在侮辱牠哩！」

「但是，他們爲什麽誰也不放心誰呢？再靜一些的過活，豈不是好……」

他跑出去，開手施救了。然而德國人却撕去了他的一條腿。凡尼加成了獨脚，囘家來看時，孩子們餓死了，女人呢，在給鄰家汲水。

「這可怪哩!」凡尼加喫了一驚，于是舉起手來要去搔搔後腦殼，但是，在他那里，却並沒有頭!

十五

古時候，也很有名的夏謨林市裏，有一個叫作米開式加的侏儒。他不能像樣的過活，只活在汙穢和窮苦和衰弱裏。他的周圍流着不潔，各種妖魔都來戲弄他，但他是一個頑固的沒有決斷力的懶人，所以頭髮也不梳，身子也不洗，生着蓬蓬鬆鬆的亂髮，他向上帝訴說道——

「主呵，主呵！我的生活是多麼醜，多麼髒呵！連猪也在冷笑我，主呵，您忘記了我了！」

他訴說過，暢暢快快的哭了一通，躺下了，他幻想着——

「妖魔也不要緊，只要給我一點什麼小改革就好了，爲了我的馴良和窮苦！給我能

夠洗一下身子，弄得漂亮些……」

然而妖魔却更加戲弄他了。在未到『吉日良辰』之前，總把實行自然的法則延期，對于米開式加，每天就總給他下面那樣之類的簡短的指令——

「應沈默，有違反本令者，子孫七代，俱受行政上之撲滅處分。」

或者是——

「應誠心愛戴上司，有不遵本令者，處以極刑。」

米開式加讀着指令，向周圍看了一轉，忽然記得了起來的是夏謨林市守着沈默，特力摩服市在愛上司，在服爾戈洛，是居民彼此偸着別人的草鞋。

米開式加呻吟了——

「唉唉！這又是什麼生活呢？出點什麼事才好……」

忽然間一個兵丁跑來了。

誰都知道，兵爺是什麼都不怕的。他把妖魔趕散了，還推在暗的堆房和深的井裏，趕

在河的冰洞裏。他把手伸進自己的懷中，拉出約莫一百萬盧布來，而且——毫不可惜地遞給米開式加了——

「喂，拿去窮人到混堂裏去洗一個澡，整整身樣，做一個人罷，已經是時候了！」

兵丁交出過一百萬盧布，就做自己的工作去了，簡直好像沒事似的！

請讀者不要忘記這是童話。

米開式加兩隻手裏揑着一百萬盧布，剩下着，——他做什麼事好呢。從一直先前起，他就遵照指令什麼事情都不做了的，只還會一件事——鳴不平。但也到市場的衣料店裏去買了做襯衫的紅布來，又買了褲料。把新衣服穿在髒皮膚上，無晝無夜，無年無節，在市上彷徨，擺架子，說大話。帽子是歪斜的，腦子也一樣，「咱們嗎，」他說，「要幹，是早就成功了的，不過不高與幹。咱們夏謨林市民，是大國民呀。從咱們看起來，妖魔之類，是還沒有跳蚤那麼可怕的，但如果要怕，那也就不一定。」

米開式加玩了一禮拜，玩了一個月，唱完了所有記得的歌。

「永遠的記憶」和「使長眠者和衆聖一同安息罷」也都唱過了，他厭倦了慶祝，不過也不願意作工。從不慣變了無聊。不知怎的，一切都沒有意思，一切都不像先前。沒有警官，上司也不是眞貨色，是各處的雜湊，誰也不足懼，這是不好的，異樣的。

米開式加喃喃自語道——

「以前，妖魔在着的時候，秩序好得多了。路上是定時打掃的，十字街口都站着正式的警察，步行或是坐車到什麼地方去，他們就命令道，『右邊走呀！』但現在呢，要走那里就走那里，誰也不說一句什麼話。這樣子，也許會走到路的盡頭的……是的，已經有人走到着哩……」

米開式加漸漸的無聊了起來，嫌惡的意思越加利害了。他凝視着一百萬盧布，自己憤恨着自己——

「給我，一百萬盧布算什麼？別人還要多呢！如果一下子給我十萬萬，倒也罷了……現在不是只有一百萬嗎？哼，一百萬盧布，叫我怎麼用法？現在是雞兒也在當老鵰用。所以

一隻雞也要賣十六個盧布！我這里，統統就只是一百萬盧布呀……」

米開式加發見了老例的不平的原因，就很高興，于是一面在骯髒的路上走，一面叫喊道——

「給我十萬萬呀！我什麼也幹不來！這算是什麼生活呢！街路也不掃，警察也沒有，到處亂七八遭的。給我十萬萬罷，要不然，我不高興活了！」

有了年紀的土撥鼠從地裏爬出來，對米開式加說——

「獃子，嚷什麼呀？在託誰呢？喂，不是在託自己嗎！」

但米開式加仍舊說着他的話——

「我要用十萬萬！路沒有掃，火柴漲價了，沒有秩序……」

到這里，童話是並沒有完的，不過後文還沒有經過檢閱。

十六

有一個女人——姑且叫作瑪德里娜罷——爲了不相干的叔子——姑且說是爲了尼啓太罷——和他的親戚以及許多各種的傭工們在做活。她是不舒服的。叔子尼啓太一點也不管她，但對着鄰居，却在說大話——

「瑪德里娜是喜歡我的，我有想到的事情，都叫她做的。好像馬，是模範的馴良的動物……」

但尼啓太的不要臉的爛醉的傭工們，對于瑪德里娜，却欺侮她，趕她，打她，或者是罵她當作消遣。然而嘴裏還是這麼說——

「喂，我們的姑娘瑪德里娜！有時簡直是可憐的人兒哪！」

雖然用言語垂憐，實際上却總是不斷的虐待和搶奪。這樣的有害的人們之外，也還有許多無益的人們同情着瑪德里娜的善于忍耐，把她團團圍住。他們從第三者的地位上來觀察她，佩服了——

「喫了許多苦頭的我們的窮娃兒！」

有些人則感激得叫喊道——

「你，」他們說，「是連尺也不能量的，你就是這麼偉大！用知識，」他們說，「是不能懂得你的，只好信仰你！」

瑪德里娜恰如母熊一樣，從這時代到那時代，每天做着各種的工作，然而全都沒意思，——無論做成了多少，男的僱工就統統霸去了。在周圍的，是醉漢，女人，放肆，還有一切的污穢——不能呼吸。

她這樣地過着活。工作，睡覺。也趁了極少的閒空，煩惱着自己的事——

「唉唉！大家都喜歡我的，都可憐我的，但沒有眞實的男人！如果來了一個眞實的人，用那強壯的臂膊抱了我，盡全力愛着我，我眞不知道要給他生些怎樣的孩子哩，眞的！」

而且哭着了，這之外，什麼也不會！

鐵匠跑到她這里來了。但瑪德里娜並不喜歡他，他顯着不大可靠的模樣，全身都粗陋，性格是野的，而且說着難懂的話，簡直好像在誇口——

「瑪德里娜，」他說，「你只有靠着和我的理想的結合，這才能夠達到文化的其次的階段的……」

她回答他道——

「你在說什麼呀！我連你的話也不懂，況且我很有錢，你似的人，看不上眼的！」

就這樣的過着活。大家都以爲她可憐，她也覺得自己可憐，這裏面什麼意思也沒有。

勇士突然出現了。他到來，趕走了叔子尼啓太和傭工們，向瑪德里娜宣言道——

「從此以後，你完全自由了。我是你的救主，就如舊銅圓上的勝利者喬治似的！」

但鐵匠也聲明道——

「我也是救主！」

「這是因爲他嫉妬的緣故，」瑪德里娜想，但口頭却是這麽說——

「自然，你也是的！」

他們三個，就在愉快的滿足裏，過起活來了。天天好像婚禮或是葬禮一樣，天天喊着萬歲。叔子的僱工穩開，覺得自己是共和主義者了，萬歲！耶爾忒羅夫斯克和邪崙弄在一起。宣言了自己是合衆國，也萬歲。

約莫有兩個月，他們和睦地生活着。恰如果酒勺子裏的繩子一樣，只浸在歡喜中。

但是，突然間——在聖露西，事情的變化總是很快的，勇士忽而厭倦了！

他對着瑪德里娜坐下，問她道——

「救了你的，究竟是誰呀？我嗎？」

「哦哦，自然是可愛的你呵！」

「是嗎!」

「那麼我呢?」鐵匠說。

「你也是……」

稍停了一會,勇士又追問道——

「誰救了你的呢——我罷,未必不是罷?」

「唉唉!」瑪德里娜說,「是你,確是你,就是這你呀!」

「好,記着!」

「那麼,我呢?」鐵匠問。

「唔唔,你也是……你們兩個一起……」

「兩個一起?」勇士翹着鬍子,說。「哼……我不知道……」

于是每時訊問起瑪德里娜來——

「我救了你沒有?」

而且越來越嚴緊了——

「我是你的救主呢，還是別的誰呢？」

瑪德里娜看見——鐵匠哭喪着臉，退在一旁，做着自己的工作。偸兒們在偸東西，商人們在做買賣，什麼事都像先前，叔子時候一樣，但勇士却依然每天駡詈着，追問着——

「我究竟是你的什麼人呢？」

打耳刮，拔頭髮！

瑪德里娜和他接吻，稱讚他，用殷勤的話對他說——

「您是我的可愛的意大利的加里波的呀，您是我的英吉利的克靈威爾，法蘭西的拿破崙呀！」

但她自己，一到夜裏，却就暗暗的哭——

「上帝呵，上帝呵！我眞以爲有什麼事情要起來了，但這事，却竟成了這模樣了！」

……………………

145

請不要忘記了這是童話。

俄羅斯的童話

高爾基作
魯迅譯

平裝實價三角半
精裝實價五角半

中華民國二十四年八月初版

文化生活叢刊
第三種
巴金主編

發行者
文化生活出版社
上海昆明路德安里二十號
印刷者
三一印刷公司
上海昆明路七九七號

特約經售處
開明書店
上海 成都 重慶
北平 廣州 南京 漢口 長沙

俄羅斯的童話

高爾基著
魯迅譯

高爾基所做的大抵是小說和戲劇，誰也決不說他是童話作家，然而他偏偏要做童話。他所做的童話裏，再三再四的教人不要忘記這是童話，然而又偏偏不大像童話。說是做給成人看的童話罷，那自然倒也可以的，然而又可恨做的太出色，太惡辣了。

作者在地窖子裏看了一批人，又伸出頭來在地面上看了一批人，又伸進頭去在沙龍裏看了一批人，看得熟透了，都收在歷來的創作裏。這種童話裏所寫的却全不像眞的人，所以也不像事實，然而這是呼吸，是痱子，是瘡疽，都是人所必有的，或者是會有的

短短的十六篇，用漫畫的筆法，寫出了老俄國人的生態和病情，但又不只寫出了老俄國人，所以這作品是世界的；就是我們中國人看起來，也往往會覺得他好像講着周圍的人物，或者簡直自己的頂門上給扎了一大針。

但是，要全愈的病人不辭熱痛的針灸，要上進的讀者也決不怕惡辣的書！

獄中記

柏克曼著

巴金譯

柏克曼敍述故事的手腕和杜思退夫斯基以及其他的俄國的寫實主義者相似……他是一位卓越的藝術家。柏克曼在他的熱狂裏是一個抒情的詩人。然而甚至在熱狂裏他看事物也很清楚。他解釋他自己和他的主張的一部分是一件稀有的心理學的作品……愛好果戈理，杜思退夫斯基，托爾斯太，屠格涅夫，高爾基，安得列夫的著作的讀者可以把柏克曼看做那些作者所描寫的人物的兄弟。

——W. M. Reedy

這是一個成熟的心靈的成熟的產物。

——S. Yanofsky

讀者不必同意柏克曼的主張，他却不能放過本書的深邃的心理學的洞察和優美的文學的內容。

——加本特

柏克曼的獄中記無疑地是一部偉大的自傳。

——太陽報夕刊

在這本描寫他的生活經驗的書裏柏克曼給了我們一個恐怖的記載，這差不多是沒有匹敵的。

——紐約太晤士報

本書的不可思議的魔力沒有什麼東西能夠超過。

——紐約地球報

著者的手腕頗似斯拉夫的寫實主義者，而且被批評家比作杜思退夫斯基和安得列夫，他的作品必有一種驚人的魔力，同時還有一個社會的價值。

——紐約講壇報

戰爭

鐵霍諾夫作
茅盾譯

這是描寫一九一四年第一次世界大戰的小說。作者是現代蘇聯的新作家，生於一八九六年。他從小就喜歡寫戰爭小說，不過這些幼年的作品他都沒有發表。十九歲時進了騎兵隊，第一次世界大戰時他是在前線的。「戰爭」這小說，却不是「西線無戰事」一類的經驗小說或回憶小說，這是作者用了他在大戰中所得的經驗加上他對於第一次世界大戰的正確的理解，把第一次世界大戰的根因以及過程，造成了的藝術的形象。這書在一九三一年出版。現在是被推爲蘇聯新實現主義作品的傑作之一。原文頗長，英文翻譯有一個節本，全書的精采是保存了的。現在就依此英譯的節本轉譯成中文。